畢璞全集・小說・九

心靈深處

【推薦序一】
老樹春深更著花

封德屏

一九八六年四月，畢璞應《文訊》雜誌「筆墨生涯」專欄邀稿，發表〈三種境界〉一文，她在文末寫道：

這種職業很適合我這類沉默、內向、不善逢迎、不擅交際的書呆子型人物，我很高興我當年選擇了它。我既沒有後悔自己走上寫作這條路，又說過它是一種永遠不必退休的行業；那麼，看樣子，我是注定了此生還是要與筆墨為伍了。

畢璞自知甚深，更有定力付之行動，近三十年來她持續創作，陸續出版了數本散文、小說、自選集；三年前，為了迎接將臨的「九十大壽」，她整理近年發表的文章，出版了散文集

《老來可喜》。年過九十後，創作速度放緩，但不曾停筆。二〇〇九年元月《文訊》創辦的「銀光副刊」，至今刊登畢璞十二篇文章，上個月（二〇一四年十一月），她在「銀光副刊」發表了短篇小說〈生日快樂〉，此外，也仍偶有文章發表於《中華日報》副刊。畢璞用堅毅無悔的態度和纍纍的創作成果，結下她一生和筆墨的不解之緣。

一九四三年畢璞就發表了第一篇作品，五〇年代持續創作，創作出版的高峰集中在六〇、七〇年代。一九六八年到一九七九年是她作品的豐收期，這段時間有時一年出版三、四本，甚至五本。早些年，她是編寫雙棲的女作家，曾主編《大華晚報》家庭版、《公論報》副刊、《徵信新聞報》家庭版，並擔任《婦友月刊》總編輯，八〇年代退休後，算是全心歸回到自適自在的寫作生涯。

真摯與坦誠是畢璞作品的一貫風格。散文以抒情為主，用樸實無華的筆調去謳歌自然，讚頌生命；小說題材則著重家庭倫理、婚姻愛情。中年以後作品也側重理性思考與社會現象觀察。畢璞曾自言寫作不喜譁眾取寵、不造新僻字眼，強調要「有感而發」，絕不勉強造作。

畢璞生性恬淡，除了抗戰時逃難的日子，以及一九四九年渡海來台的一段艱苦歲月外，自認大半生風平浪靜。「淡泊名利，寧靜無為」是她的人生觀，讓她看待一切都怡然自得。雖然前後在報紙雜誌社等媒體工作多年，一九五五年也參加了「中國婦女寫作協會」，可能如她自己所言「個性沉默、內向，不擅交際」，多年來很少現身文壇活動。像她這樣一心執著於創作的人和其作品，在重視個人包裝、形象塑造，充斥各種行銷手法的出版紅海中，很容易會被湮沒遺忘。

然而，這位創作廣跨小說、散文、傳記、翻譯、兒童文學各領域，筆耕不輟達七十餘年的資深作家，冷月孤星，懸長空夜幕，環視今之文壇，可說是鳳毛麟角，珍稀罕見。在人們華服高軒、闊論清議之際，九三高齡的她，老樹春深更著花，一如往昔，正俯首案頭，筆尖不斷流淌出款款深情，如涓涓流水，在源遠流長的廣域，點點滴滴灌溉著每一寸土地。

感謝秀威資訊科技股份有限公司，在文學出版業益顯艱辛的此刻，奮力完成「畢璞全集」二十七冊的巨大工程。不但讓老讀者有「喜見故人」的驚奇感動，也讓年輕一代的讀者，有機會可以在快樂賞讀中，認識畢璞及其作品全貌。我們也希望透過文學經典這樣的再現與傳承，向這位永遠堅持創作的作家，表達我們由衷的尊崇與感謝之意。

民國一〇三年十二月

（封德屏：現任文訊雜誌社社長兼總編輯、臺灣文學發展基金會執行長、紀州庵文學森林館長。）

【推薦序二】

老來可喜話畢璞

吳宏一

一

上星期二（十月七日），我有事到《文訊》辦公室去。事畢，封德屏社長邀我去參觀她們蒐集珍藏的期刊。看到很多民國五、六十年前後風行文壇的文藝刊物，目前多已停刊，不勝嗟嘆。《暢流》、《自由青年》、《文星》等我投過搞、發表過創作的刊物不說，連一些當時發行不廣的小刊物，她們也多有蒐集。其用心之專、致力之勤，實在不能不令人讚嘆。於是我向她提起我高中以迄大學時期文學起步的一些往事，中間提到若干文藝刊物和若干文壇前輩對我的鼓勵和影響。其中特別提到我大學一年級，民國五十年的秋天，剛進入台大中文系讀書時所認識的一些前輩先進。像當時住在濟南路的紀弦，住在廈門街的余光中，住在南昌街菸酒公賣局宿舍的羅悟緣，住在安東市場旁的羅門、蓉子……我都曾經一一去走訪，謝謝他們採用或推薦過我的作品。過程歷歷在目，至今仍記憶猶新。比較特別的是，去新生南路夜訪覃子豪時，還遇見過魏子雲；去峨嵋街救國團舊址見程抱南、鄧禹平時，還順道去《公論報》探訪副刊主編畢璞……。

一提到畢璞，德屏立即接了話，說「畢璞全集」目前正編印中，問我願不願意為她「全集」寫個序言。我答：寫序不敢，但對我文學起步時曾經鼓勵或提攜過我的前輩，我非常樂意寫紀念性的文字。不過，我也同時表示，我與畢璞五十多年來，畢竟才見過兩三次面，她的作品我讀得並不多，要寫也得再讀讀她的生平著作，而且也要她還記得我，對往事有些共同的記憶才好。所以我建議，請德屏代問畢璞兩件事：一是她記不記得在我大一下學期（民國五十一年春），她和另一位女作家到台大校園參觀之事；二是她在主編《婦友》月刊期間，記不記得曾經約我寫過詩歌專欄。

德屏說好。第二日早上十點左右，畢璞來了電話，客氣寒暄之後，告訴我：她記得她和鍾麗珠早年曾到台大校園和我見過面，但對於《婦友》約我寫專欄之事，則毫無印象。她知道我沒有讀過她的作品集，說要寄兩三本來，又知道我怕她年老行動不便，改口說，要不然，幾天內如果我能抽空，就煩請德屏陪我去內湖看她，由她當面交給我，同時可以敘敘舊、聊聊天。

我當然贊成。我已退休，時間容易調配，只不知德屏事務繁忙，能不能抽出空暇。想不到與德屏聯絡後，當天下午，就由《文訊》編輯吳穎萍小姐聯絡好，約定十月十日下午三點一起去見畢璞。

二

十月十日國慶節，下午三點不到，我就如約搭文湖線捷運到葫洲站一號出口等。不久，德屏與穎萍來了。德屏領先，走幾分鐘路，到康寧老人安養中心去見畢璞。途中德屏說，畢璞雖然年逾九旬，行動有些不便，但能以歡樂的心情迎接老年，不與兒孫合住公寓，怕給家人帶來不便，所以獨居於此，雇請菲傭照顧，生活非常安適。我聽了，心裡也開始安適起來，覺得她是一個慈藹安詳而有智慧的長者。

見面之後，我更覺安適了。記得我第一次見到畢璞，是民國五十年的秋冬之際，在西門町附近康定路的一棟木造宿舍裡，居室比較狹窄；畢璞當時雖然親切招待，但總顯得態度拘謹。相隔五十三年，畢璞現在看起來，腰背有點彎駝，耳目有些不濟，但行動尚稱自如，面容聲音卻似乎數十年如一日，沒有什麼明顯的變化。如果要說有變化，那就是變得更樸實自然，沒有絲毫的窘迫拘謹之感。

由於德屏的善於營造氣氛、穿針引線，由於穎萍的沉默嫻靜，只做一個忠實的旁聽者，那天下午，我和畢璞有說有笑，談了不少往事，讓我恍如回到五十三年前的青春年代。那時候，我才十八歲，剛考上台大中文系，剛到陌生而充滿新鮮感的臺北，常投稿報刊雜誌，常拜訪前輩作家。有一天，我到西門町峨嵋街救國團去領新詩比賽得獎的獎金，順道去附近的《聯合報》和《公論報》社。我到《公論報》社問起副刊主編畢璞，說明我常有作品發表，就有人給了我她家的住址。距離報社不遠，在成都路、西門國小附近。那時候我年輕不懂事，大家也少用電話，所以就直接登門造訪了。見面時談話不多，記憶中，畢璞說過她先生也在《公論報》上班，她如何編副刊，還有她兒子正讀師大附中，希望將來也能考上台大等。辭別時，畢璞說了一句，聽說台大校園春天杜鵑花開得很盛很好看。我謹記這句話，所以第二年的春天，投稿信中附帶留言，歡迎她跟朋友來台大校園玩。就因為這樣，畢璞和鍾麗珠在民國五十一年的春季，相偕來參觀台大校園。

確切的日期記不得了。畢璞說連哪一年她都不能確定。我翻開我隨身帶來送她的光啟版散文集《微波集》，指著一篇〈鄉愁〉後面標明的出處，民國五十一年四月二十七日發表於《公論副刊》。經此指認，畢璞稱讚我的記性和細心，而且她竟然也記起了當天逛傅園後，我請她們到福利社吃牛奶雪糕的往事。

很多人都說我記憶力強，但其實也常有模糊或疏忽之處。例如那一天下午談話當中，我提起雨中路過杭州南路巧遇《自由青年》主編呂天行，以及多年後我在西門町日新歌廳前再遇見他，聽他告訴我「驚天大祕密」的時候，確實的街道名稱，我就說得不清不楚，更糟糕的是，畢璞再次提起她主編《婦友》月刊的期間，真不記得邀我寫過專欄。一時間，我真無辭以對。當事人都這麼說了，我該怎麼解釋才好呢？好在我們在談話間，曾提及王璞、呼嘯等人，似乎又給了我重拾記憶的契機。

我私下告訴德屏，《婦友》確實有我寫過的詩歌專欄，雖然事忙只寫了幾期，但這些文章後來都曾收入我的《先秦文學導讀・詩辭歌賦》和《從詩歌史的觀點選讀古詩》等書中，白紙黑字，騙不了人的。會不會畢璞記錯，或如她所言不在她主編的期間別人約的稿呢？

那天晚上回家後，我開始查檢我舊書堆中的期刊，找不到《婦友》，卻找到了王璞主編的《新文藝》和呼嘯主編的《青年日報》副刊剪報。他們都曾約我寫過詩詞欣賞專欄，印象中有一個與《婦友》大約同時。尋檢結果，查出連載的時間，《新文藝》是民國七十一年，《青年日報》則是民國七十七年。到了十月十二日，再比對資料，我已經可以推定《婦友》刊登我詩歌專欄的時間，應該是在民國七十七年七、八月間。

十月十三日星期一中午，我打電話到《文訊》找德屏，她出差不在。我轉請秀卿代查，傍晚她回覆，已在《婦友》民國七十七年七月至十一月號，找到我所寫的〈古歌謠選講〉，當時的總編輯就是畢璞。事情至此告一段落。記憶中，是一次作家酒會邂逅時畢璞約我寫的。寫了幾期，因為事忙，又遇畢璞調離編務，所以專欄就停掉了。這本來就是小事一樁，無關宏旨，豁達的畢璞不會在乎這個的，只不過可以證明我也「老來可喜」，記憶尚可而已。

三

「老來可喜」，是畢璞當天送給我看的兩本書，其中一本散文集的書名，語出宋代詞人朱敦儒的〈念奴嬌〉詞。另外一本是短篇小說集，書名《有情世界》。根據書後所附的作品目錄，原來畢璞的作品集，已出三、四十本。她挑選這兩本送我看，應該有其用意吧。看《老來可喜》這本散文集，可知她的生平大概；看《有情世界》這本短篇小說集，則可知她的小說特色所在。初讀的印象，她的作品，無論是散文或小說，從來都不以技巧取勝，就像她的筆名一樣，是未經琢磨的玉石，內蘊光輝，表面卻樸實無華，然而在樸實無華之中，卻又表現出一個共同的主題。一言以蔽之，那就是「有情世界」。其中有親情、愛情、人情味以及生活中的情趣。因此，讀來特別溫馨感人，難怪我那罕讀文藝創作的妻子，也自稱是她的忠實讀者。

讀畢璞《老來可喜》這本散文集，可以從中窺見她早年生涯的若干側影，以及她自民國三十八年渡海來台以後的生活經歷。其中寫親情與友情，敘事中寓真情，雋永有味，誠摯而動人。寫懷才不遇的父親，寫遭逢離亂的家人，寫志趣相投的文友，娓娓道來，真是扣人心弦。

其中〈西門懷舊〉一篇，寫她康定路舊居的一些生活點滴，更讓我玩味再三。即使寫她身邊瑣事的小小感觸，寫愛書成癡，愛樂成癡，寫愛花愛樹，看山看天，也都能使我們讀者體會到「生命中偶得的美」，享受到「小小改變，大大歡樂」。「生命中偶得的美」和「小小改變，大大歡樂」，正是她文集中的篇名。我們還可以發現，身經離亂的畢璞，涉及對日抗戰、國共內戰的部分，著墨不多，多的是「此身雖在堪驚」，「老來可喜，是歷遍人間，諳知物外」。這也正是畢璞同一時代大多婦女作家的共同特色。

讀《有情世界》這本小說集，則可發現：畢璞散文中寫得比較少的愛情題材，都寫進小說裡了。畢璞說過，小說是她的最愛，因為可以滿足她的想像力。讀完這十六篇短篇小說，我們確實可以發現，她的小說採用寫實的手法，勾勒一些時代背景之外，重在探討人性，敘寫一些有情有義的故事。特別是愛情與親情之間的矛盾、衝突與和諧。小說中的人物和故事，有真有假，「真」的往往是根據她親身的經歷，「假」的是虛構，是運用想像，無中生有塑造出來的。她把它們揉合在一起，而且讓自己脫離現實世界，置身其中，成為小說中人。

因此，我讀畢璞的短篇小說，覺得有的近乎散文。尤其她寫的書中人物，大都是我們城鎮小市民日常身邊所見的男女老少，故事題材也大都是我們城鎮小市民幾十年來所共同面對的移民、出國、旅遊、探親等話題。或許可以這樣說，較之同時渡海來台的作家，畢璞寫的小說，罕有激情奇遇，缺少波瀾壯闊的場景，也沒有異乎尋常的角色，既沒有朱西甯、司馬中原筆下的鄉野氣息，也沒有白先勇筆下的沒落貴族，一切平平淡淡的，可是就在平淡之中，卻能給人親近溫馨之感。表面上看，她似乎不講求寫作技巧，但仔細觀察，她其實是寓絢爛於平淡。像〈生命共同體〉一篇，寫范士丹夫婦這對青梅竹馬的患難夫妻，到了老年還為要不要移民美國而引起衝突，高潮迭起，正不知作者要如何收場，這時卻見作者藉描寫范士丹的一些心理活動，利用廚房下麵一個小情節，就使小說有個圓滿的結局，而留有餘味。〈春夢無痕〉一篇，寫梅湘退休後，到香港旅遊，在半島酒店前香港文化中心，竟然遇見四十多年前四川求學時代的舊情人冠倫。四十多年來，由於人事變遷，兩岸隔絕，二人各自男婚女嫁，都已另組家庭，正不知作者要如何安排後來的情節發展，這時卻見作者利用梅湘的一段心理描寫，也就使小說有個出人意外而又合乎自然的結尾，不會予人突兀之感。這些例子，說明了作者並非不講表現藝術，只是她運用寫作技巧時，合乎自然，不見鑿痕而已。所以她的平淡自然，不只是平淡自然，而是別有繫人心處。

四

畢璞同時的新文藝作家，有三種人給我的印象特別深刻。一是軍中作家，以寫新詩和小說為主，強調創新和現代感；二是婦女作家，以寫散文為主，多藉身邊瑣事寫人間溫情；三是鄉土作家，以寫小說和遊記為主，反映鄉土意識與家國情懷。這是二十世紀五、六十年代前後臺灣新文藝發展史上的一大特色。這三類作家的風格，或宏壯，或優美，雖然成就不同，但套用王國維的話說，都自成高格，自有名句，境界雖有大小，卻不以是分優劣。因此有人嘲笑婦女作家多只能寫身邊瑣事和生活點滴，那是學文學的人不該有的外行話。

畢璞當然是所謂婦女作家，她寫的散文、小說，攏總說來，也果然多寫身邊瑣事，或者說，多藉身邊瑣事寫溫暖人間和有情世界。但她的眼中充滿愛，她的心中沒有恨，所以她的筆端流露出來的，每一篇作品都像春暉薰風，令人陶然欲醉；情感是真摯的，思想是健康的，真的適合所有不同階層的讀者。

一般而言，人老了，容易趨於保守，失之孤僻，可是畢璞到了老年，卻更開朗隨和，更為豁達，就像玉石，愈磨愈亮，愈有光輝。她特別欣賞宋代詞人朱敦儒的「老來可喜」那首〈念奴嬌〉詞。她很少全引，現在補錄如下：

老來可喜，是歷遍人間，諳知物外。
看透虛空，將恨海愁山，一時挼碎。
免被花迷，不為酒困，到處惺惺地。
飽來覓睡，睡起逢場作戲。

休說古往今來，乃翁心裡，沒許多般事。
也不蘄仙不佞佛，不學栖栖孔子。
懶共賢爭，從教他笑，如此只如此。
雜劇打了，戲衫脫與獃底。

朱敦儒由北宋入南宋，身經變亂，歷盡滄桑，到了晚年，勘破世態人情，不但主張不學栖栖皇皇的孔子，說什麼經世濟物，而且也認為道家說的成仙不死，佛家說的輪迴無生，都是虛妄的空談，不可採信。所以他自稱「乃翁」，說你老子懶與人爭，管它什麼古今是非，說人生在世，就像扮演一齣戲一樣，各演各的角色，逢場作戲可矣，何必惺惺作態，說什麼愁呀恨呀。一旦自己的戲份演完了，戲衫也就可以脫給別的傻瓜繼續去演了。這首詞表現的人生觀，雖然豁達，卻有些消極。這與畢璞的樂觀進取，對「有情世界」處處充滿關懷，是不相契的。我想畢璞喜愛它，應該只愛前面的幾句，所以她總不會引用全文，有斷章取義的意思吧。

畢璞《老來可喜》的自序中，說西方人把老年分成三個階段：從六十五歲到七十五歲是「初老」，從七十六歲到八十五歲是「老」，八十六歲以上是「老老」；又說「初老」的十年是人生最美好的黃金時期，不必每天按時上班，兒女都已長大離家，內外都沒有負擔，沒有工作壓力，智慧已經成熟，人生已有閱歷，身體健康也還可以，不妨與老伴去遊山玩水，或抽空去學習一些新知，以趕上時代。想做什麼就做什麼，豈非神仙一般。畢璞說得真好，我與內子現在正處於「初老」的神仙階段，也同樣覺得人間有情，處處充滿溫暖，這幾天讀畢璞的書，益發覺得「老來可喜」，可喜者三：老來讀畢璞《老來可喜》，一也；不久之後，可與老伴共讀「畢璞全集」，二也；從今立志寫自己不像傳記的傳記，彷彿回到自己的青春時期，三也。

民國一〇三年十月十五日初稿

（吳宏一：學者，作家，曾任臺灣大學中文系教授、香港中文大學中文系、香港城市大學中文、翻譯及語言學系講座教授，著有詩、散文、學術論著數十種。）

【自序】長溝流月去無聲——七十年筆墨生涯回顧

畢璞

「文書來生」這句話語意含糊，我始終不太明瞭它的真義。不過這卻是七十多年前一個相命師送給我的一句話。那次是母親找了一位相命師到家裡為全家人算命。我從小就反對迷信，痛恨怪力亂神，怎會相信相士的胡言呢？當時也許我年輕不懂，但他說我「文書來生」卻是貼切極了。果然，不久之後，我就開始走上爬格子之路，與書本筆墨結了不解緣，迄今七十年，此志不渝，也還不想放棄。

從童年開始我就是個小書迷。我的愛書，首先要感謝父親，他經常買書給我，從童話、兒童讀物到舊詩詞、新文藝等，讓我很早就從文字中認識這個花花世界。父親除了買書給我，還教我讀詩詞、對對聯、猜字謎等，可說是我在文學方面的啟蒙人。小學五年級時年輕的國文老師選了很多五四時代作家的作品給我們閱讀，欣賞多了，我對文學的愛好之心頓生，我的作文成績日進，得以經常「貼堂」（按：「貼堂」為粵語，即是把學生優良的作文、圖畫、勞作等掛在教室的牆壁上供同學們觀摩，以示鼓勵）。六年級時的國文老師是一位老學究，選了很多古文做教材，使我有機會汲取到不少古人的智慧與辭藻；這兩年的薰陶，我在不知不覺中變成了文學的死忠信徒。

上了初中，可以自己去逛書店了，當然大多數時間是看白書，有時也利用僅有的一點點零用錢去買書，以滿足自己的書癮。我看新文藝的散文、小說、翻譯小說、章回小說……簡直是博覽群書，卻生吞活剝，一知半解。初一下學期，學校舉行全校各年級作文比賽，小書迷的我得到了初一組的冠軍，獎品是一本書。同學們也送給我一個新綽號「大文豪」。上面提到高小時作文「貼堂」以及初一作文比賽第一名的事，無非是證明「小時了了，大未必佳」，更彰顯自己的不才。

高三時我曾經醞釀要寫一篇長篇小說，是關於浪子回頭的故事，可惜只開了個頭，後來便因戰亂而中斷，這是我除了繳交作文作業外，首次自己創作。

第一次正式對外投稿是民國三十二年在桂林。我把我們一家從澳門輾轉逃到粵西都城的艱辛歷程寫成一文，投寄《旅行雜誌》前身的《旅行便覽》，獲得刊出，信心大增，從此奠定了我一輩子的筆耕生涯。

來台以後，一則是為了興趣，一則也是為稻粱謀，我開始了我的爬格子歲月。早期以寫小說為主。那時年輕，喜歡幻想，想像力也豐富，覺得把一些虛構的人物（其實其中也有自己和身邊的人的影子）編出一則則不同的故事是一件很有趣的事。在這股原動力的推動下，從民國四十年左右寫到八十六年，除了不曾寫過長篇外（唉！宿願未償），我出版了兩本中篇小說、十四本短篇小說、兩本兒童故事。另外，我也寫散文、雜文、傳記，還翻譯過幾本英文小說。到民國一〇一年，我總共出版過四十種單行本，其中散文只有十二本，這當然是因為散文字數少，不容易結集成書之故。至於為什麼從民國八十六年之後我就沒有再寫小說，那是自覺年齡大了，想像力漸漸缺乏，對世間一切也逐漸看淡，心如止水，失去了編故事的浪漫情懷，就洗手不幹了。至於散文，是以我筆寫我心，心有所感，形之於筆墨，抒情遣性，樂事一樁也，為什麼放棄？因而不揣譾陋，堅持至今。慚愧的是，自始至終未能寫出一篇令自己滿意的作品。

為了全集的出版，我曾經花了不少時間把這批從民國四十五年到一百年間所出版的單行本四十種約略瀏覽了一遍，超過半世紀的時光，社會的變化何其的大：先看書本的外貌，從粗陋的印刷、拙劣的封面設計、錯誤百出的排字；到近年精美的包裝、新穎的編排，簡直是天淵之別。由此也可以看得出臺灣出版業的長足進步。再看書的內容：來台早期的懷鄉、對陌生土地的神奇感、言語不通的尷尬等；中期的孩子成長問題、留學潮、出國探親；到近期的移民、空巢期、第三代出生、親友相繼凋零……在在可以看得到歷史的脈絡，也等於半部臺灣現代史了。

坐在書桌前，看看案頭成堆成疊或新或舊的自己的作品，為之百感交集，真的是「長溝流月去無聲」，怎麼倏忽之間，七十年的「文書來生」歲月就像一把把細沙從我的指間偷偷溜走了呢？

本全集能夠順利出版，我首先要感謝秀威資訊科技股份有限公司宋政坤先生的玉成。特別感謝前台大中文系教授吳宏一先生、《文訊》雜誌社長兼總編輯封德屏女士慨允作序。更期待著讀者們不吝批評指教。

民國一〇三年十二月

目次

非賣品

一

連推帶哄地，韓敬中被王揚拖上了三輪車，又從三輪車拖到胡夫人的大門口。在掛著「內有惡犬」的牌子的朱紅大門外，王揚按了一下鈴，立刻有一個穿戴得比韓敬中和王揚還要整潔的男僕前來開門。在一陣使人寒心的狼狗狂吠聲中，王揚引著韓敬中穿過兩片草坪中間的水泥小徑，走向那座紅牆綠瓦的洋房。

走上台階，推開紗門，陳設華麗的大廳上燈光眩目，滿室的男女賓客，正在笑語喧嘩；由於他們的出現，本來就喧嘩的聲浪又更提高了一倍。

一位臉上濃塗脂粉，身穿發亮的料子，脖子上圍著發亮的珠串，身軀臃腫的貴婦人迎將出來。

「你們兩位來得最遲，該罰該罰！」她的雙眼笑成了兩條細縫，用驚人的不拘束的語氣來迎接素未謀面的韓敬中。

「胡夫人，真太對不起！都是為了敬中兄客氣不肯來的緣故，以致延遲了。敬中，這位就是今後我們這個文藝沙龍的主人。」王揚用少有的謙恭的態度說。

「韓先生，久仰久仰，您的小說我幾乎篇篇都讀過哩！」不待韓敬中開口，胡夫人首先就伸出戴了兩隻戒指、塗著猩紅蔻丹的肥白的手來。

「不敢當，不敢當！我實在不好意思來叨擾胡夫人的，無奈王揚兄一定要拉我來。」

「您肯來才是我的光榮，有些人我還不想請他哩！來來，請裡面坐。」胡夫人擺動著多肉的臂部領他們進去，首先走到一位穿著長袍，灰髯垂拂的老者面前，為韓敬中介紹道：「這位是我的老師，名畫家董冷庵先生。董老師，您還沒有會過韓敬中先生吧？」

韓敬中彎下身去，恭敬地和老人握手。老人掀髯笑著說：「面是還沒有會過，但韓先生大名我卻聽得多了。」

韓敬中連忙說：「哪裡？哪裡？董老先生的畫藝我才是久仰。」

坐在董冷庵旁邊一位穿著西服，面貌清臞的老先生笑著接了上去：「兩位都別客氣了，彼此彼此！」

「茅老，您別忙，我馬上給您介紹。」胡夫人搖擺著走過來笑嘻嘻轉向韓敬中說：「茅公謹先生，鼎鼎大名的書法家。」

「久仰久仰，茅老先生的書法我們在小學時就臨摹過了。」韓敬中又是客套一番。

「這足證韓先生還很年輕。韓先生成名已久，卻原來還在盛年，真是後生可畏！」茅公謹老氣橫秋地說。

「我不年輕了，快四十啦！」韓敬中說。

「倒看不出，我以為您才三十左右哩！」胡夫人接著又指著那個喧嘩的角落問：「這幾位您都認識吧？」

韓敬中細看了那幾個正在高談闊論的男女一眼，除了王揚外，還有關東大漢劇作家柳西亞和女作家韋大姐，這兩人都是他熟識的。其餘有兩個比較年輕的女士，一胖一瘦，則是沒有見過面的。

「只有穿藍衣和穿洋裝的兩位女士我還沒有會過。」他說。

「好，來，我為你們介紹。」

「這位是我的師姊，但論年齡，她又是我的師妹；她就是名畫家杜秋芙女士。秋芙，這位是名小說家韓敬中先生。」胡夫人首先介紹那位穿藍衣，比較瘦小的女士。韓敬中禮貌地向她微微一鞠躬，杜秋芙卻只是端坐在沙發上向他點頭微笑，那微笑看來還是頗為勉強的。

「韓先生，這一位是名音樂家黃梨霞女士，她的歌喉您一定欣賞過吧？」胡夫人又介紹坐在杜秋芙旁邊那位高頭大馬的女士。

黃梨霞的個性與杜秋芙顯然不同，她立刻豪爽地伸出手來與韓敬中相握，並且說：「請多多指教。」

韓敬中尚未及回答，他背後已有人在叫：「胡夫人，您怎麼不替我們介紹嘛？」

那是韋大姐的聲音，於是韓敬中向黃梨霞鞠躬告退，轉到韋大姐身邊說：「胡夫人不替咱們介紹了，您自我介紹吧！」

四十歲的韋大姐吐了吐舌頭說：「你們都欺負我，好，我就自我介紹。我是韋瑩，眾人的大姐，韓小弟，你還沒喊大姐哩！」

「不對！不對！介紹得不對！我來補充，你應該說我是名滿國內外的女作家，中國的莫里哀才對。」王揚站起來大叫著。

「得了，得了，知道你是中國的雪萊了，我的詩人。」韋瑩說。

「我才不要當雪萊哩！短命鬼！」王揚昂起頭，故意作了一副不屑的樣子。

「這裡還有一位中國的蕭伯納哩！諸位別忘了。」拘謹的韓敬中也學著幽默了一下，指著關東大漢柳西亞說。柳西亞今天倒是非常的沉默，以致他此刻才有機會去跟他握手。

「那你是中國的什麼呢？老兄。雨果？哥德？」柳西亞笑著問。

「我誰都不是，我就是韓敬中。」

「要得！要得！好一個『我就是韓敬中。』」王揚在旁聽見，立刻怪叫起來，惹得全場鬨笑。

在筵席上，胡夫人宣佈這個文藝沙龍以後將每個月舉行一次，完全由她作東。她因為欽佩在座諸人在文藝上的成就，想藉此能夠和他們多多接近，冀能受到薰染，所以希望每個人每個月都要光臨。

「否則，諸位就是瞧不起我！」最後，她這樣結束了她的談話。這位丈夫身為顯宦的貴婦人，氣質雖庸俗，但人倒是很真摯、熱情而爽直，也就是為了這個緣故，這班文人雅士才會跟她來往。

在大家互相舉杯之後，胡夫人又提議說，她希望這個聚會能帶一點研討的性質，最好每一次大家都帶一兩件自己的作品來給大家欣賞，這樣可以互相批評、互相檢討。

大家都鼓掌贊成，但是，黃梨霞卻叫了起來：「我的怎能帶來呢？胡夫人，您這裡有沒有鋼琴？」

「你的最方便了，根本就不需要帶，張開嘴就行，沒有鋼琴，你清唱不就得了嗎？」王揚搶著說。

「對！對！蜜斯黃您等下就表演給我們聽好不好？」胡夫人說。

「不好，今天誰都沒有作品帶來，我為什麼要單獨表演呢？」

「你唱歌，我奉陪，我願意朗誦一首詩。」王揚自告奮勇地說。

「我也奉陪，我有一幅畫請諸位指教。」胡夫人也說。

「好好好，一言為定。」於是大家又都鼓掌贊成。

飯後，黃梨霞果真為大家唱了一首德文的藝術歌，大家雖聽不懂歌詞的內容，但也竭力為她圓潤的歌喉而叫好。王揚所朗誦的他的一首新詩也是大家聽不懂的，因為裡面用了許多匪夷所思的怪字眼；不過，為了禮貌，眾人還是鼓掌如儀。

胡夫人拿出來表演的一幅國畫是花卉，粉紅的牡丹、大紅的芍藥與雞冠花，題材和色調都像她的為人一樣俗不可耐；可是，大家也還得誇讚她。

「好一幅富貴圖！夠氣派！」茅公謹首先說。

「謝謝茅老的誇獎！我這個弟子嘛！還算可以造就，諸位也許不相信，胡夫人跟我學畫才一個多月哩！」董冷庵也以老師的身份說。

「這真是地道的貴婦人的畫！充滿富貴的氣象！」韋瑩表面是讚美，骨子裡卻是譏諷。

這位女作家，她的嘴巴是和她的文章一樣尖刻的。

「是呀！所以我常說淑娟姊畫如其人。」一直不大講話的杜秋芙也開了口。除了兩位老先生和胡夫人以外，其他的人都聽得懂她話裡有刺。

韓敬中偷偷地瞥了瞥這位冷若冰霜，凜然不可侵犯的女畫家一眼，只見她那兩片薄薄的，線條美好的嘴唇正微微地掛著一絲幾乎看不見的嘲弄的表情。他心裡想：這個女人相當厲害。

「謝謝諸位的誇獎，今天我獻醜了，下次諸位可要表演的啊！」胡夫人高興到笑得嘴巴幾乎闔不攏，兩隻小眼睛也變成了兩道細線。

二

在第二次的聚會中，韓敬中跟每一個人都混得很熟了，因此，他對胡夫人主持的這個文藝沙龍，也有了較多的好感。只有杜秋芙是例外，她對他還是那樣冷淡。走進胡夫人的大廳，韓敬中照例跟在場的每一個人握手，輪到杜秋芙時，她的面上毫無笑容，機械地伸出她那隻相當纖秀的玉手，僅僅用指尖和韓敬中的手碰了一碰，就立刻縮了回去。韓敬中馬上感到臉上熱辣辣的，有著被侮辱了的感覺；表面上他雖裝作若無其事，但在心裡卻暗暗地咬牙切齒。他想，你這樣神氣，看我下次再理不理你？

這一次，每個人都有作品拿出來互相欣賞，只有韓敬中和杜秋芙沒有。韓敬中是因為近日工作過忙，沒有空去寫，但他不知道杜秋芙是為了什麼。

當大家叫著要處罰這兩個交白卷的人時，韓敬中無告地求饒著，杜秋芙卻是神秘地在笑。

「怎麼樣？秋芙姊，你也能唱的，唱一首歌給大家聽聽吧！」黃梨霞在一旁推著她。

「要是韓先生肯唱，我也肯。」杜秋芙一反她過去倨傲冷漠的作風而突然變得頑皮活潑起來。她用手掩著嘴巴，吃吃低笑，一面用狡獪的眼色盯住韓敬中。

「天呀！我是連國歌都唱不好的人，這簡直是要了我的命嘛！」韓敬中叫苦不迭，心中很恨杜秋芙的惡作劇。

「老韓，那你就唱國歌得啦！」一向促狹的王揚也在推波助瀾。

大家鼓掌叫好，韓敬中就是死命不肯。

看大家鬧得差不多了的時候，杜秋芙就慢條斯理地說：「好了，好了，頭一次犯，你們就饒了我們吧！這樣好不好？下次由我請客，算是處罰。」說到這裡，又瞟了韓敬中一眼說：「不過，韓先生您可要把大作帶來呵！否則雙倍受罰就糟糕了。」

被杜秋芙這樣一捉一放，玩弄一番，韓敬中心中氣憤之餘，他忽然有了寫小說的靈感。於是，他也就不示弱地說：「今天謝謝杜女士給我解圍，下次，我想我不致於再受窘了吧！」

三

杜秋芙主持的這一次聚會，韓敬中很想不去，但王揚怎樣也不依他。他說：「你不去是什麼意思呢？在生杜秋芙的氣呢，還是又是沒有作品拿出去？咱們男人犯得著這般小氣？走吧！」

又在王揚的拉拉扯扯下，韓敬中無可如何的把一本登著他的短篇小說的剛出版的雜誌，捲著放在衣袋裡，跟他到了杜秋芙的家。

杜秋芙的家雖然不及胡夫人家的氣派，但卻是另有一番幽雅情調。一幢小巧玲瓏的洋房，座落在一所千紅萬紫的小花園中，看來有如童話中的仙景。

在園門口，韓敬中悄悄問王揚：「她丈夫是幹甚麼的？」

「是個富商！」

「多不相稱的職業呀！」

「你不必替別人擔憂，人家夫妻感情好得很哩！」

藝術家的居室自然不同凡響，每一件傢具的位置都擺得恰到好處，窗簾、瓶花、沙發和燈罩的顏色也全都那麼悅目而調和，就使人好像走進了圖畫裡一樣。杜秋芙今天身為主人，也不那麼冷若冰霜，拒人於千里外了。她穿著一件桃紅色的緊身毛衣和一條窄窄的灰色長褲，很活潑地像小麻雀般跳出跳入招呼客人。一看見韓敬中和王揚進來，就叫：「韓先生，大作帶來了沒有？」

「當然帶來了，否則我還敢來嗎？」

「他本來不肯來的，要不是我去拉他，他也許就不來了。」王揚在一旁搶著說。

「小王你有功勞，回頭我多敬你一杯酒。」杜秋芙像哄小孩子似的跟王揚說了，又轉向韓敬中：「大作我可以先拜讀嗎？」

韓敬中從口袋裡把雜誌拿出來交給她，韋大姐看見了封面，直嚷：「哦！我看過了，敬中這篇〈解凍〉真寫得好極了。」

「是呀！我也看過了，故事既新鮮而又風趣，人物的描寫又深刻，我真想把它改編做廣播劇哩！老韓，你贊成不贊成？」柳西亞也接著說。

「承蒙你老兄看得起，我怎會不贊成？」韓敬中臉紅紅地說。

「什麼〈解凍〉呀？我們一起來看好不好？」胡夫人擠到杜秋芙身邊，把她手中的雜誌就拉了過來。

「你們急什麼嘛？等吃過飯我們大家一起欣賞好不好？」韋大姐又在嚷了。她說完以後，發覺自己失言，馬上又吐了吐舌頭，對坐在她旁邊的黃梨霞說：「你看我多饞！居然催主人開飯了。」

「那有什麼關係？我還不是也餓了？」黃梨霞笑著說。

董老先生在旁聽了她們的對話，就對杜秋芙說：「秋芙呀！客人們肚子餓了。你去看看菜好了沒有？」

「諸位對不起！我只顧看韓先生的小說，竟忘記去吩咐開飯了。」杜秋芙無可奈何地把手中的雜誌交給胡夫人，然後急急的跑到廚房裡去。

也許是因為韓敬中的小說一向具有號召力，也許是由於剛才女主人的熱心搶著看，總之，韓敬中的作品今天竟成了最受歡迎的節目。放下飯碗，大家也不像過去那樣急於欣賞董老的畫，茅老的書法以及聽黃梨霞的歌了，就都嚷著要聽韓敬中的小說，並且推舉了王揚來讀。

〈解凍〉的故事很簡單，是說一個美麗而又驕傲的女子如何被一個比她更驕傲的男人征服了。透過了韓敬中巧妙的筆觸，精心的描繪，故事中的男女主角都栩栩如生地活現在大家的眼前。

聽完了王揚充滿著感情的朗讀，大家都輕輕嘆了一口氣，對這篇小說加以讚許。

「好極了！真是生花妙筆！」董老首先掀髯點頭。

「不愧名家手筆！」茅老也拍著膝蓋叫好。

「那位女主角多美呀！」這是胡夫人的意見。

「這個女的外形和性格對我似乎很稔熟，我好像在什麼地方見過這個人哩！」韋大姐用拳輕輕搥著前額，在苦思著。

「我覺得她有點像杜秋芙姊哩！」黃梨霞接著說。

「對了，我也覺得這個人物有點像杜女士。」王揚也搶著接了嘴，然後又轉向杜秋芙說：

「杜女士，我這樣說，你不生氣吧？」

杜秋芙此刻正靠在一張沙發上，雙目微閉，嘴角掛著一絲微笑，彷彿在想什麼。聽見王揚喚她，才猛然驚覺過來，慌忙問：「小王你說什麼？」

「我說韓敬中筆下的女主角有點像你，你生氣不生氣？」

「小王你別胡說！」韓敬中急急的想止住他。

「生氣？我才不哩！不過，我又哪裡有資格當那位女主角呢？她是那麼美麗！」杜秋芙說完了，嘆了一口氣，還看了韓敬中一眼，韓敬中頓時感到尷尬不堪，幸而柳西亞及時給他解了圍。

「韓兄這篇小說簡直可以媲美奧亨利和莫泊桑，令人敬服。現在，該輪到我們美麗的女主人展覽她的大作了吧？」關東大漢柳西亞這幾句話很妙，既替杜秋芙的疑問下了答案，而又捧她。

「啊！柳先生真會說話！在我的畫室裡有幾張畫，請大家過來欣賞好嗎？」杜秋芙很嫵媚地笑了笑，就站起來領大家走向她的畫室。

杜秋芙的話顯然是太謙虛了，在她的畫室裡，已完成了的畫，包括已裝框的和未裝框的油畫及水彩畫，何止數十幅，簡直是把大家看得眼花撩亂。

「秋芙真用功呵！畫了這許多我還不曉得哩！」董老對這個轉行畫西洋畫的弟子的努力感到相當滿意。

「是呀！秋芙妹多秘密呵！」胡夫人永遠站在老師的一邊。

「這怎能說秘密呢？現在不是給你們大家看了嗎？」杜秋芙俏皮地回答。

「畫了這許多，該可以開畫展了吧？」茅老站在一幅巨幅的風景畫前面問。

「是的，我就是準備下月開畫展，所以才下功夫畫了一陣子。現在，諸位應該明白我上次何以交白卷的原因了吧？我不是沒有作品，而是太多了呀！」

「喲！那真不好意思！我們今天是來白吃一頓了。」韋大姐說。

「如果你覺得不好意思，那你下次回請好啦！我是無所謂的。」王揚說。

「不，不，誰都不要請，下次大家還是到舍下來。」胡夫人搖擺著肥胖的身軀走到杜秋芙旁邊，挽著她的手臂說：「秋芙妹，今天真是累你破費了。」

「沒有呀！我這頓寒傖的晚飯，比起淑娟姊請我們吃的山珍海味，簡直算不了什麼呵！」

四

杜秋芙的畫展因為事前宣傳做得好，所以著實轟動了一陣子。揭幕的第一天，很早王揚就到韓敬中家裡，邀他一道去參觀。

「這樣早就去是不是合適呢？我們何不遲一兩天找個清靜一點的時間去欣賞？」韓敬中在沉吟著。

「就是要早去才顯得出我們的誠意呀！彼此老友，總不能不去捧場吧？」王揚卻是一股熱心勁。

「老友？這只是說你和她吧？我還談不上呵！」

「不管你們是不是老友，就憑胡夫人的面子，你也該去吧！」

「又提胡夫人了，我陪你去是可以的，可不是為了胡夫人呵！」

畫展會場的門口擺滿了大小花籃，顯得喜氣洋洋；雖然才揭幕不久，參觀的人已經川流不息地出出進進了。韓敬中和王揚一進入會場，就看見杜秋芙打扮得漂漂亮亮的站在一位身材偉岸的中年紳士身邊在招呼熟人，而董老和胡夫人也都站在一旁擔任招待工作。

「恭喜恭喜呵！」王揚首先向杜秋芙拱手致賀，韓敬中也微笑向她道喜。

「謝謝你們！」杜秋芙含笑點首，一面對她身旁的男士說：「天新，這兩位作家你還沒會過吧？」

「沒有，沒有。」男士俯身溫柔地對她說。

「這位是小說家韓敬中先生，這位是詩人王揚先生；這是外子易天新。」她為三個男人介紹著。

於三個男人互相握手，說著「幸會」和「久仰」這一類的話。韓敬中細細打量易天新，覺得這個英挺魁梧，衣著考究的紳士型男人，與纖細美好的杜秋芙正好是璧人一對；然後當他想到自己瘦弱矮小，不修邊幅的外表時，又不禁自慚形穢起來。

跟董老和胡夫人打過招呼，韓敬中和王揚就開始去欣賞壁上的畫。韓敬中對繪事毫無研究，對圖畫亦不算太有興趣；不過，由於杜秋芙的個性使他感到有點迷惑，作為一個寫小說的人，他也很想從她的作品中發掘點什麼。秋芙的畫是屬於折衷派的，她早年曾經跟過董冷庵學國畫，長大後又改從一位西畫家學油畫，因此，她的畫能採取國畫西畫之所長而融會貫通起來；加上天賦她一顆玲瓏剔透的聰慧的心，所以在她的畫中自然流露出秀逸之氣。她曾嘲笑胡夫人的畫如其人，那麼她也正是畫如其人，人如其畫了。

韓敬中背抄著手，慢慢地欣賞著這位美麗而又自負的女畫家的作品——一幅一幅的風景畫和靜物寫生；突然，他似乎在所有的畫中發現了某點相同的地方，可是，一下子又說不出來。他呆呆地站著，抓耳搔腮好一會，終於，他找出那相同之點了，她在每一幅中都用了很多灰、綠、藍等屬於冷的色調，這不正代表著她冷漠的性情嗎？韓敬中因為有了這個發現而大感得意，不禁嘿嘿的偷笑了兩聲。幸虧這個時候王揚正忙著在和別人交際，沒有聽到，否則他一定又要尋根究底的了。

快到出口的地方，掛了一幅很大的杜秋芙的自畫像，像前站了很多人，顯然這是最受人欣賞的一幅作品。韓敬中和王揚也擠在人群的後面，只看了一眼，他們也被吸引住了。畫中的秋芙，穿著一件白衣，斜倚在窗檻上，面向著他們，面上帶著慵懶的表情，嘴角卻仍掛著一絲嘲弄的微笑。窗外是灰色的天空和幾株疏落的花枝，花是白色的，幾乎看不出來。畫中人和背景都給人以冷的感覺，大家也不知道她為何要做出這樣的表情，採取這樣的背景；只是，由於畫中人很美，而又是畫家本人，所以才吸引了恁些人罷了。

「假如我有錢，我真想買它下來，讓我看看標價多少。」王揚一面說一面排開眾人，擠上前去。

「唔！不錯，這幅畫很能表現她自己。」韓敬中饒有深意地說。

「真美！」王揚看得張開了口。

不一會他又鑽出來了，臉上帶著懊喪的神色說：「別想了，這是非賣品。」

「我早就知道是非賣品，誰肯把自己的畫像賣給人呢？」韓敬中一面說一面移動著腳步，但眼光卻一直沒有離開那幅畫，因為他在這幅畫中，看到了他那篇〈解凍〉中的女主角。

「我們請她再畫兩幅送我們如何？」王揚忽然間若有所悟地，把嘴巴附在韓敬中耳邊低低地說。

「我和她可沒有這麼大的交情，你自己去跟她要吧！不過，小王，我勸你還是不要造次吧！你不要忘記了她是個女的呵！」韓敬中搖著頭說。

「對了，回頭要是叫她的丈夫誤會了，豈不糟糕？老韓，還是你想得周到。」王揚偏著頭想了一會，就拍著韓敬中的肩膀說。他這次的「聽話」與順從，真使韓敬中大出意外。

「好了，別再講了。現在，讓我們去向主人告辭吧！」

杜秋芙和她的丈夫還是站在門口招呼著熟人，韓敬中首先走過去和易天新握手，祝賀他夫人畫展的成功。當他正和易天新在說著客套話時，他聽見王揚在對杜秋芙說：「在你所有的畫中我最欣賞你的那幅自畫像，它真是美極了！敬中兄和我也有同感。」

「是嗎？韓先生。」杜秋芙甜笑著問，露出了一口整齊潔白的牙齒。

「我想，不只我有同感，就是所有參觀的人也都有同感。你看，那幅畫下聚了多少人！」

韓敬中本來不想單獨讚美那幅畫的，但工揚已說出來了，他不得不承認下來。

「一般人可能對人像比風景畫更喜愛。」杜秋芙這樣謙虛了一下。

「尤其對女人的畫像是不是？」道貌岸然的紳士易天新突然幽默起來；但是，聽的人卻感覺到他的話裡似乎帶有醋意。

「易先生，杜女士，謝謝你們的招待，我們告辭了。」韓敬中和王揚一看場面相當尷尬，就連忙告退了。

走到街上，王揚立刻吐著舌頭說：「幸虧我沒有跟杜秋芙開口，這位先生原來醋勁頗重哩！」

「是呀！否則情形就不妙了。小王，你不是說他們夫妻感情很好嗎？他為什麼好像管得很緊似的呢？」

「真虧你是個結過婚的人！我雖然還是孤家寡人一個，但我也懂得彼此愈相愛的夫妻愈妒忌得厲害呀！」

「你的理論不一定準確，我對我太太卻完全沒有這種心理的。」

「你這個小說家真不行！你要知道，嫂夫人一天到晚關在家裡忙燒飯，忙帶孩子，連大門都難得出去一步，根本沒有機會跟別的男人來往，你又妒從何來呢？而且——」

「而且什麼呀？」

「恕我直言一句，嫂夫人比不上杜秋芙漂亮，所以你可以大放其心。」

「小王，你這一番話倒是有點道理，那麼你將來娶妻記得不要選美女呵！」

「啊！我未來的夫人！好像是一道最複雜的算題，使我這低能的小學生，永遠找不出答案！」詩人攤開雙手，觸景生情地馬上做了兩句詩。

「低能的小學生，參加惡性補習吧！包你可以把任何難題算出來。」

說著，兩個朋友，大笑著分手了。

五

兩個月後的一次文藝沙龍，飯後，不知是誰興緻來臨，竟發起了方城之戰，於是，胡夫人、韋大姐、柳西亞和王揚就湊了一桌，董茅兩老也對坐作手談，就只剩下韓敬中、杜秋芙和黃梨霞三個人坐著聊天。單獨和兩個不太稔熟的年輕女性在一起，韓敬中本來就覺得有點窘，不料，一忽兒黃梨霞家中來了個電話，說有事，也就走了，這就更使韓敬中坐立不安。

他一會兒就看一下錶，一面又心不在焉地張望著室中的佈置。他這種不安的樣子，杜秋芙都看在眼裡，心中不覺暗笑。

「韓先生有事嗎？」她忍著笑問他。

「啊！沒有，沒有。不，我想我還是先回去吧！」他結結巴巴地說。

「既然沒有事，那麼何必急著回去呢？這樣坐著你也許覺得無聊，咱們到花園裡去走走怎樣？這裡面的空氣有點悶。」

杜秋芙說著就站了起來，推開紗門走出去，韓敬中不得不跟在後面。

花園裡只有一條小徑，根本就沒有地方可走。韓敬中默默地走在杜秋芙的身後，杜秋芙在一叢盛開的杜鵑花前面站住，他也就只好停步。

天空閃爍著星光，微風輕拂著鬢髮，園中的春夜是美麗的，但韓敬中的心卻仍然被不安籠罩著。

兩個人並立著沉默了好一會，韓敬中正想藉故離去，杜秋芙卻先開口說：「我看了你最近發表的那個中篇〈冰炭〉。」

「啊！」韓敬中不由得心裡一驚。

「寫得太好了，有些地方惹得我差點哭起來。不過，韓先生，我很冒昧的請問一句，在你的小說中，為什麼老是寫那種冷若冰霜的女人呢？」杜秋芙轉過頭來看著他說。園中的光線很幽暗，他看不清她的表情，但他想像得出，她的目光一定炯炯逼人，她的嘴角也一定掛著那絲嘲弄的微笑。

「沒有呀！」一霎時，他像個做了錯事的小學生。

「那麼，這也許是巧合吧！〈解凍〉中那個驕傲的女子，還有這篇〈冰炭〉中冷淡得怡人的少婦，她們在外形和性格上是不是有點相同？」她把頭轉回去，似在自言自語。

「是——是，也許是巧——巧合吧！」一向就不善言辭的他，此刻就更變得木訥了，因為他有點作賊心虛。〈解凍〉他是有意寫來報復杜秋芙的，但是〈冰炭〉中的女主角，卻是連他自己也不知道，為什麼又寫出那樣的一個人來。

又是靜默了半分鐘的模樣，韓敬中怯怯地先說：「讓我們進去吧！也許他們會找我們。」

「韓先生，我再冒昧問你一個問題，你是不是喜歡你筆下那種典型的女性？你的太太是不是這類型的？」杜秋芙沒有理他，相反地又提出了另一問題。

「不，完全不是！我們寫小說的，人物總是虛構的居多，現實社會中又哪裡有這許多人供我們描寫呢？」韓敬中突然又變得振振有辭了，杜秋芙這個問題使他有了理由替自己掩護。

「古代有一個雕刻家愛上了他的雕像；我們繪畫的有時也會被自己的畫中人迷住；我想你們一定也會愛上自己小說中的人物的。」杜秋芙又喃喃地說。

「那——那我還不曾有過這樣的經驗。我要進去了，時候不早，我得回家了。」韓敬中臉上頓時感到一陣熱辣辣，他匆匆地說著，也不等杜秋芙回答，就逕自走了進去。

那裡面，雀戰正酣，對奕的人也還未分勝負，根本就沒有人注意到他們走了出去。韓敬中向主人告辭了，就先行離去。當他走過小徑時，杜秋芙仍站在那裡，兩人碰到，彼此只說了一聲「再見」，彷彿剛才並沒有談過話一樣。

六

韓敬中足足有一個月沒有提筆寫任何東西，也足足有一個月沒有去找任何朋友，到了舉行文藝沙龍那一天，他又稱病不去。對自己這種莫名其妙的行為，他不研究它的起因，也不想找理由去解釋；然而，無可諱言的，他卻開始變得消沉而憂鬱，敏感而暴躁起來。一個隱憂在他的心底漸漸形成了，但他不敢去觸動它，彷彿那是一個保險掣或是水門，一觸動它就會火花四射，洪水泛濫。

那天夜裡，韓敬中悶悶地坐在家中讀著黃仲則的詩集，近來，黃仲則纏綿悱惻的詩句似乎很合他的胃口，往往把卷吟哦不能釋手。

王揚不速而至，一見了面，就問：「今天你為什麼不來？」

「我不是已打電話去說生病了嗎？」韓敬中懶洋洋地回答。

「生病？我才不相信哩！」王揚說著又一把搶過他手中的書說：「看什麼書呀？哼！你居然還欣賞這些老古董？你要讀詩，為什麼不讀我王揚的？」

「小生敬謝不敏。」韓敬中一想到他那些看不懂的新派詩，立刻向他打恭作揖。

「喂！說正經的，你為什麼不來嘛？」王揚拉了一把椅子在他身旁坐下又問。

「沒什麼意思，我不打算再去了。再說，我們每月去揩油人家一頓又算什麼呢？」

「那可不成！是我介紹你加入的，你半路退出對我面子不好看，我可不能答應。而且，人家胡夫人是以結交我們這些騷人墨客為榮的，你不去就是瞧她不起，知道不知道？」

「……」韓敬中感到十分為難，沒有作答。

「喂！老韓，你突然不去，一定有特別的原因，是不是他們之中有誰惱了你了？」

「哪裡話？你別瞎猜好不好？」

「你不要想瞞我？讓我想想看，可能的人是誰。董老，茅老，兩位年高德劭，絕對不會！柳西亞，沉默寡言，好好先生，應該也不會！韋大姐，雖然心直口快，人倒是很好的，大概不至於得罪你老兄。唔！黃梨霞，為人和藹可親，豪爽大方，總不會有什麼惹了你吧？胡夫人禮賢下士，對你這麼尊敬，諒你也不致嘔她的氣！剩下可疑的人物就是杜秋芙了，此人眼高於頂，目中無人，是不是她開罪你了？對了，一定是她，有一次她還捉弄你，要你唱歌哩！」

看見王揚像煞有介事，滔滔不絕地說了一大堆，本來滿腔愁緒的韓敬中也不禁微笑起來：「都猜得不對，你還漏掉一個哩！」

「漏了一個？還有誰嘛？」

「你自己。」韓敬中指著王揚的鼻子。

「老兄，別開玩笑好不好？老老實實告訴我嘛！」

「沒有這個人，叫我怎樣告訴你？」

「沒有就好了，這就是說你沒有任何理由不去參加這個聚會，下個月可不准不去了。」

「好了，好了，我答應你。」韓敬中無可奈何地答應了他，王揚才滿意而去。

王揚走後，韓敬中輕輕地嘆了一口氣，重又拾起那本黃仲則的詩集來讀，但是，此刻他卻再也無法讀下去了。人與人之間的關係是何等的錯綜複雜呀！有些你不願意去的場合非去不可，有些你不願意接近的人非接近不可；然而，一些你想去的地方無法去，一些你想親近的人不敢親近，難道這就是所謂的文明社會了嗎？

七

兩天以後，韓敬中突然接到杜秋芙的一封短札，說她和她的丈夫因為仰慕他的文才，特地要請他吃飯，並請他帶同太太前去。送信的人等在門口，他一時想不出什麼理由來拒絕，就只好告訴送信人，說他一定去，但太太卻敬謝了。

懷著忐忑不安的心情，韓敬中終於又坐在杜秋芙雅潔的客廳裡。這次的客廳與上次來時有點不同，因為杜秋芙那幅自畫像高高地懸在正中，使得韓敬中連看都不敢看一眼。

「韓太太怎麼不一道來呢？」寒暄過後，杜秋芙首先就這樣問。

「內人是鄉下人，我一向就沒有帶她出來參加應酬的。」

「哪裡話？韓先生太客氣了吧？」易天新說。

「我沒有客氣，這是事實。內人原是我的表妹，我們是從小訂下的親，她沒讀過多少書，不過人倒是很賢慧的。」不知怎樣，韓敬中竟有一種想在杜秋芙面前傾吐自己，尤其是傾吐自己的婚姻的慾望。

「這就好了，娶妻在德呵！」杜秋芙說。

「對呀！像我這位畫家太太就常常欺負我。」易天新居然也開起玩笑來，他一面說，一面深情地注視著他的妻子。

「好，你這麼大膽，在客人面前派我不是。」杜秋芙掄起拳頭嬌嗔著。

「韓先生您看，她不是在表演給你看了嗎？」易天新一面假裝以手護頭，一面笑著說。

看著這對夫妻打情罵俏的親熱情形，韓敬中已知道了他們的恩愛程度；同時，他也知道，杜秋芙對陌生的男人冷峻，但對丈夫卻是熱情的。他偷偷望了望牆上杜秋芙那幅面容美麗而冷漠的畫像，在心中暗暗警告自己說：「她有個好丈夫，是非賣品呀！你這個其貌不揚的矮子妄想什麼？」

於是，他面露微笑，鎮靜地說：「你們兩位都是才貌雙全的人，說句很俗的話，正是珠聯璧合，哪有誰欺負誰的事呀？」

「算了吧？他有什麼才？他是個庸俗的商人，一天到晚只知道做生意。」杜秋芙說。

「那你當年為什麼嫁給我？」

「還不是你拼命追到手的！」這對夫妻，打情罵俏的興趣似乎並未休止。

「得了，得了，別儘在客人面前鬧，給客人笑話吧！韓先生，秋芙就是恐怕我整天做生意，會變得太庸俗，所以才邀您來，希望您能跟我做朋友，好讓我薰陶一些文人的雅氣。」易天新收斂了嘻笑，很誠懇地對韓敬中說。

「不敢當，不敢當，我也是個俗人，哪有什麼雅氣？杜女士才是真正雅人哩！」

「她也許真的很雅，但是，韓先生，你一定知道，夫妻之間因為太隨便太不拘束了，所以是不容易彼此教誨的。」易天新臉紅紅地說。

「杜女士的雅人朋友多的是哩！像董老茅老他們不正是理想的良師嗎？」韓敬中一直想擺脫這份差事。

「不，他們太老了，不能做天新的同伴，我為他找的是朋友而不是老師呀！」

「韓先生，假如您不是認為我不足為友就請別推辭吧！您要知道，秋芙是個不容易佩服他人的人，你們一班藝術朋友，個個她都挑剔，唯獨您的大作，她一直都是欽佩不已的。」

「那我真是受寵若驚了！」韓敬中笑著對杜秋芙說。澄清了心中的雜念，他現在的態度變得自然多了。如今，他已明白了秋芙對他何以先冷後熱；冷是她的一貫作風，因為起初她對他並沒有什麼認識，後來變得熱絡，那卻是為了憐才呀！

「哪裡話？愚夫婦有幸和您交友，才真正是我們的光榮哩！」秋芙也笑著回答，這是韓敬中認識她以來頭一次見她說的謙恭話。

「好了，庸俗的客氣話別多說了，讓我們吃飯去吧！」易天新爽朗地笑著，站起身來拍了拍韓敬中的肩膀說，看來，他真是以韓敬中的老友自居了。

八

胡夫人家中的文藝沙龍如常地舉行著。自從那次玩過一次方城之戲以後，王揚和韋大姐等幾個人竟然上了癮，每次飯後，總非湊上一局不可；於是，對此道一竅不通的韓敬中和杜秋芙就常常有了單獨談話的機會。不過，韓敬中已不怕和她單獨相對了，他不再露出滿臉尷尬，手足無措的樣子，因為他的心胸中已經坦然無私。

是盛夏中的一次聚會，大概因為天氣熱，大家都無心創作，所以發表作品的人很少，很早，雀戰就已開場。參與的人是黃梨霞、韋大姐、胡夫人和王揚，去了三個愛聒噪的女人和一個最愛饒舌的男人，室內頓時清靜起來。胡公館的客廳裝有冷氣，溽暑不能侵入，閒坐著的幾個人都有清涼舒適之感。董茅二老又作手談；柳西亞在聚精會神的看一份晚報；韓敬中在隨便的翻閱著一本英文雜誌；只有杜秋芙什麼也沒有做，斜倚在一個窗臺上，觀察著室內的每一個人。

「韓敬中！」她輕輕地叫著，近來，在這幾個藝術朋友之間，已變得愈來愈不拘形跡，年齡相若的，都彼此互相叫著名字了。

「嗯！」韓敬中從雜誌下抬起頭來望向杜秋芙，在這一剎那中，他不覺呆住了。

瘦小而姣好的杜秋芙穿著一件白衫，懶洋洋地靠在窗臺上，這不正是那幅非賣品自畫像嗎？他再細看了一下，畫中人嘴角上那絲嘲弄的微笑沒有了，代替的卻是親切的笑容，不由得心裡想，秋芙現在比以前和氣多啦！

「這樣瞪住我幹嘛？我背後有鬼嗎？」杜秋芙問。

「多巧呀！我發覺你現在的衣著和身後的背景都和你那張自畫像完全一樣。」

「老提那幅畫做什麼？」

「當然哪！那是你的精心傑作，看過的人都不會忘懷的。」韓敬中語帶雙關地說。同時，他的內心也不免隱隱刺痛了一下，可惜那是非賣品哪！

「我正想問你，好像好久沒有讀到你的大作了，最近你寫了什麼小說沒有？」

「天氣太熱，寫不出來了。」

「你準備再寫那種冷漠而驕矜的女人嗎？」心竅玲瓏，聰穎過人的杜秋芙突然提出了一個很愚蠢也很幼稚的問題。

「不，我不準備再寫了，我要寫正常一點的人。」韓敬中卻一點也不覺得她的問題愚蠢而一本正經地回答。因為事實上，那個冷漠而驕矜的女人已使他煩惱得夠了，他正要竭力擺脫她在他腦海中的影子，以免影響他今後的寫作。

「看來，我也得做個正常的人了。這個年頭，不會打牌的人就會被人說不正常哩！」杜秋芙說著，嫣然一笑，離開她所靠著的窗臺，輕盈地走到牌桌旁邊觀戰去了。

韓敬中癡癡地看著她那穿著白色單衫，嬌小苗條的背影，不禁又想到了那幅非賣品。

（五十年「自由談」）

夕陽無限好

最近幾天以來，每天吃過晚飯，便有一股無形的力量，驅使著亞新往吳家跑。他自己也不知道為了什麼他會那樣喜歡去。他想：也許是吳家客廳裡那種寧靜幽雅的氣氛令他眷戀吧？還是嬌小可人的吳太太親切風趣的談吐對他發生了吸引力？或者就因為他太無聊，需要有個人陪伴他渡過每一個寂寞的黃昏？總之，自從他第一次去了之後，他就不由自主地要再去。

那一天，是他剛從南部到臺北來的第二天。他奉了爸爸媽媽的命令，帶了一簍水果，要去拜訪一位吳伯伯，因為白天太熱，所以他在晚飯後出門。臺北的街道對他是陌生的，在大街上鑽了好幾趟才找到了他要找的門牌。那時，太陽雖已下山，大地卻還籠罩在它的熱力之內，亞新提著那簍沉重的水果走了不少路，已經是累得滿頭大汗了。他站在吳家的大門外喘著氣，無力地按著門鈴，一會兒，他就聽見有人穿著木屐奔下臺階的聲音。

在蒼茫的暮色裡，亞新看見門內站著一個小巧玲瓏的女人，她比高個子的亞新起碼要矮了一個頭，身材瘦小，頭髮燙得很短，穿著一件淡黃色的花布洋裝，正含笑的看著他。「請問你要找誰呀？」她的聲音聽來很悅耳。

「有一位吳先生他是住在這裡嗎？」

「是的，不過，他出去了。我是他的太太，你貴姓呀？」

「我是孫務本的兒子，我爸爸叫我來看看吳伯伯，吳——太太的。」亞新吶吶地說。本來想說吳伯母，可是，這位吳太太看來似乎只有二十幾歲的樣子，使他叫不出口。

「哦！你就是亞新，已經長得這樣高，我完全不認得了。來，來，進來喝杯茶吧！天氣熱得很哩！」吳太太並沒有留意到他的稱呼，很親熱地說著就領了亞新進去。

亞新被安置在一間有著光滑地板的客廳裡的一隻籐沙發上。吳太太走到裡面去取出兩杯冰開水，一杯遞給亞新，她自己也拿了一杯坐在亞新對面。亞新口渴得要命，接過杯子，極想一口氣把冰水喝光，但是，為了禮貌，他只喝到一半，就把杯子放下了。

「呵！亞新，你不要客氣，把它喝完了吧！我再給你倒。」吳太太看出他是口渴，就親切地對他說。

「謝謝你，吳太太。」亞新把那一半喝完，吳太太給他再倒了一杯，然後才又在他對面坐下。

「前幾天我們接到你爸爸的信，說你要到臺北來上大學。唉！轉眼又是十年以上的事，在家鄉那個時候，你還是個剛上小學的小孩子，天天跟我們阿梅在一起玩的。你還記得阿梅？」

吳太太看著他說。

「我，我不記得了。」亞新很不喜歡人家提起他小時候的事，尤其是這樣年輕的女人在向他倚老賣老，他覺得有點近乎侮辱。

「唔，你可能不記得了，你那個時候還小哩！你今年幾歲啦？」

「十——，二十。」其實他十八歲的生日才過了不久，他先想說十九的，不知怎的，他結果多說了一歲。

「對了，差不多了，我們阿梅也十七了，亞新，你爸爸媽媽都好嗎？弟弟妹妹們也長得很大了吧？」

「謝謝你，吳太太，爸爸媽媽都很好，我最小的弟弟也上中學了。」亞新帶點不安的神情像唸書似地回答了之後，忽地又想起了一句必須講的話：「吳伯伯呢？他不在家嗎？」

「你吳伯伯出去了，真不巧！他也很想見見你，你明天這個時候再來好嗎？」

「好的，那麼我明天再來吧！」亞新不慣在生人面前久坐，於是，他就乘機告退。當吳太太送他出去時，她走在他旁邊，他覺得她雖然比他那個十五歲的妹妹還要矮一點，但是，她卻另有一種嫻靜端麗的風韻。

在回宿舍的路上，亞新不自覺就把他的家，他的母親和吳家及吳太太比較起來。他的家是那麼狹小凌亂，而吳家卻是雅潔整齊，給人以舒適溫馨的感覺；但顯然地，這不是有沒有錢的問題而是主婦的能幹與否的問題。他的母親整天抱怨著家務太多，從來不去打扮自己，才不過四十出頭，可是已十分蒼老了。亞新又暗暗想著，假如吳太太是我媽媽多好！呵！不，她太年輕了，只夠資格當我姊姊。於是，他又懷疑這個吳太太到底是不是阿梅的生母。

第二個黃昏他又去了，那是因為吳太太叫他去的。吳伯伯還是沒有在，吳太太說他出公差去了，一兩天就會回來。今天，亞新對吳太太已熟稔了一點，他並沒有因為她說吳伯伯不在就立刻告辭，他只是握著那杯冰水在享受這間幽雅的客室的情調。那光可鑑人的地板，那樸素大方的籐傢具，那芳香撲鼻的瓶花，那淡綠色的窗簾；還有最主要的是這個客室有一個嬌小玲瓏，端方嫻麗的主婦，在昏黃的暮靄中，用和悅親切的笑容在招待著客人。

「真可惜我們阿梅讀的是夜間部，沒有人陪你玩。」吳太太看見他在發呆，以為他感到不耐煩。

「呵！我不要人陪，我馬上要走了。」亞新說著就站了起來。

「不，亞新，你不要忙著走。我知道，你們男孩子不喜歡和媽媽輩的女人講話，你和我一定談不來，但是，你應該和我多混熟一些呀！你爸爸媽媽寫信來託我們照顧你，你就不妨把這裡當成你的家，有時白天沒有課你也可以來，那時阿梅就在家了。」吳太太也跟著站起來，伸手扳著亞新的肩膀，按他坐下。

「吳太太，我不是這個意義，而且，你和我媽媽也不大相同。」被吳太太這一說，亞新覺得很不好意思，他只好脹紅著臉，結結巴巴地說出了心中的話。

「為什麼呢？你覺得我和你媽媽有什麼不同呢？」吳太太聽了這話大感興趣，側著頭在問。她坐在亞新對面的一張籐沙發上，交叉著小腿，兩手也交叉著手指，姿態很美。

「我媽一天到晚在忙，在抱怨，使得爸爸有時也不得不說她是囉嗦的老太婆。但是，你卻是這樣悠閒，這樣整齊，這樣年輕。」話已經說出口，亞新不得不硬著頭皮解釋下去。

「呵！亞新，你有趣極了！」吳太太笑個不停，她的笑聲清脆得像個小姑娘，雪白的牙齒也在黯淡的暮色中閃閃發光。「我和你媽假如有不同的地方，那是因為有她四個孩子而我只有一個呵——而且，你現在看到的是休息時候的我，等你有機會看到我在忙的時候，你就會覺得我們都不相上下了。」

「不會的，我知道我媽永遠無法像你。」亞新還是堅持著他的意見。

「你這孩子，真是的！你可千萬別把這種傻想頭給你媽知道呵！這會使她傷心的。」吳太太輕輕嗔罵了他兩句，以結束這場爭辯。

「我不會的，我不是傻瓜。」

暮色漸濃，室內一切事物的影子也漸漸模糊起來。吳太太問：「亞新，你嫌這樣太暗嗎？要不要開電燈？」

「不要，我就喜歡這種情調，你知道，我一向是喜愛黃昏甚於清晨的，一開電燈，就變成晚上了。」

「你年紀輕輕的，怎會喜歡黃昏？黃昏是屬於我們中年人的。難道你不知道夕陽無限好，只是近黃昏麼？」吳太太仍然偏著頭，叉著手，疊著小腿，這姿勢使她顯得更悠閒，更年輕。

「唯其這樣，我才愛黃昏呀！像那悠長的白天和黑夜，誰去愛它們呢？」

「你很有點藝術氣質，我忘記問你了，你選的是哪一系？」

「我學的卻是非常實際的一門——化工系，這是我爸爸勸我選的，他說這社會需要專門人材，在象牙塔裡吟風弄月的時代早已過去了。我對化學雖然也有點興趣，但我卻寧願做個中古時代的吟遊詩人，我想這一門我一定讀不好的。」不知怎的，亞新自自然然地就把自己的心事向吳太太訴說了。

「你爸爸是對的，男孩子應該選讀專門學科將來才好出人頭地。你對化學既有興趣，一定能好好讀下去的，別再做詩人夢了。」吳太太像個慈母般在勸勉著他。

「可是，我的心裡卻充滿著矛盾，我不知道人類為什麼一定要去做他不願意做的事。我想做詩人，爸爸偏要我學化工；我媽想舒舒服服地在家裡坐著聽戲，可是她卻不得不去操作家務；至於爸爸，他雖然不講，不過我想他一定也不願意每天去坐八小時辦公廳的。」亞新愈說愈多話，彷彿有發不盡的牢騷似的。

「亞新，你到底是個孩子，還不明瞭人生的真義，等你長大成人後，你就會明白為什麼我們每個人都要去做自己不願意的事了。噢！天太黑了，我還是把電燈打開吧！」吳太太說著就站了起來。

「吳太太，我要走了，對不起，我對你說了一大堆亂七八糟的話。」亞新跟著也站了起來，失魂落魄地就往外走。

「亞新，你吳伯伯要是明天回來，我要請你來吃晚飯，到時我再用電話通知你吧！」吳太太在後面追著說。

「好的，吳太太，謝謝你。」亞新頭也不回的走了，他覺得心裡有說不出的煩惱。

第二天的下午，吳太太給了他一個電話，說吳伯伯臨時有事，要再遲四五天才回來，吃飯一事，只好延期了。最後，她又補充了一句說：「你沒有事，就隨時來玩吧！記著，我也是個喜愛黃昏的人哩！」

那個黃昏，同房的同學們都出去玩了，亞新獨自躺在床上，手裡拿著一本書，眼睛卻望著窗外的滿天殘霞出神。突然，他憶起了「夕陽無限好，只是近黃昏」這兩句詩；他想：一生又有幾個黃昏？我何必強迫自己去做不願意做的事呢？於是，他一躍而起，披上衣服，又走到吳家去。

吳太太仍然用一杯冰水和親切的微笑來招待著他。她問他是否不大喜歡運動，因為他看來很瘦。他靦覥地回答，他的父母和師長都說他是個古怪的孩子，他不但不喜歡運動，甚至不喜歡玩，他的性情很內向，還可以說有點孤僻哩！

「那麼，你跟阿梅便恰好相反了。她呀！小的時候比男孩子還野（你當然不記得她和你打過架的事了），到現在也還是個野丫頭。她在學校功課馬馬虎虎，體育可是頂呱呱的，講演，唱歌等等課外活動也少不了她。我看，你們兩人的性格換過來就好了。」吳太太笑著說。

亞新沒有回答，吳太太屢屢在他面前提及她的女兒，使得敏感的他有點不安。吳太太大概也察覺到了，於是她掉轉了話題，因為知道他想做詩人，就和他談起詩來。她和他從中國的古詩談到了西洋的名詩，很湊巧地，他們的愛好是相同的，他們都欣賞那些含著濃重憂鬱情緒的詩句，而詩僧蘇曼殊的多愁善感的詩篇，他們又不約而同地認為美得令人難忘。

這一次，亞新坐到天黑都沒有想到要走，等到吳太太站起來開電燈時才祭覺到自己已坐得太久而匆匆離去。

於是，在這幾天裡，每當落日的餘暉把他宿舍的玻璃都塗上了一層金粉，薄暮的輕紗正從遙遠的天邊慢慢向大地展翅時，亞新的雙腳便不由自主地走向吳家。是的，他要在吳家那個寧靜幽雅的客廳享受一個寫意的黃昏，那裡有一杯涼澈心脾的冰水，還有一個風趣善談的美麗的伴侶。

然而，今天卻是一個不同的黃昏。

昨天，吳太太告訴亞新，吳伯伯今天就要回來，要他晚上去吃飯，大家見見面。亞新答應了，心中卻感到陣陣不安。因為一星期以來，他和吳太太已相處得很熟，但是，他和吳伯伯還沒有見過面。他是個怎麼樣的人？像他爸爸一樣嚴肅而不苟言笑的呢？還是像吳太太一樣的風趣而可親呢？為了這一頓晚飯，害得亞新簡直是一夜不曾成眠。

依然是在夕照染紅了每一個人的面頰時，亞新又按著吳家的門鈴。應門的是一個年輕的少女，猛然看來，亞新以為她是吳太太，但當他看清楚她比吳太太高了許多時，他才知道是另外一個人。這個少女有著吳太太的大眼睛和瓜子臉，蓄著學生裝的短髮，滿臉稚氣，行動也是跳蹦蹦的。亞新心裡明白她是什麼人，卻不好意思問她，他只是訥訥地問：「請問吳太太在家嗎？」

「我媽媽在家，爸爸也在。你就是亞新哥哥吧？」少女天真地說。在夕照中，她的雙頰紅得像塗了胭脂。

「你──你怎麼知道？你又是誰呢？」在這樣一個活潑的女孩子面前，亞新變得異常笨拙。

「哈？我怎會不知道？你猜我是誰？」少女看見他的傻樣子，就故意逗他。

「我猜不著。」他並非不知道，就是說不出口。

「笨蛋，你猜不著，我就告訴你，我是阿梅。」

「哦！我真笨！」阿梅一直不請他進去坐，亞新簡直無法可想，他只好胡亂地應著她。

正在這個時候，他聽見吳太太在裡頭叫：「阿梅，是不是亞新來了？你怎麼不請他進來坐呀？」

「媽，我們來了！」阿梅應著，又向亞新招了招手，就逕自跑了進去。

亞新獨自走向屋內，吳太太已在玄關上等著他。

「阿梅這孩子，一點禮貌也不懂，你別怪她呀！」她先對他說。

「哪裡的話！」亞新一面彎腰脫鞋，一面敷衍著說，因為他已瞥見了坐在客室中的吳伯伯，心中開始感到慌張。

「子修，這就是亞新，你看他長得這麼高了。」吳太太走進室內，為她的丈夫介紹著。

「吳伯伯，您好！」亞新低頭向他一鞠躬。

「好，好，你隨便坐吧！」吳伯伯這樣招呼了他一下，就沒有再說什麼。亞新不安地坐在靠近門口的一張椅子上，但覺手足無措。他雖然還沒看清吳伯伯的外表，不過，從他那高大的身軀和低沉的聲音來判斷，就知道他一定是個嚴肅的中年人。

「阿梅，你怎麼不來陪客人呀？」局面正在十分尷尬時，幸好又由吳太太解圍了。

「你不是要我幫你弄菜嗎？」阿梅在裡面回答著。

「你不會弄的，還是出來陪客人吧！」

阿梅蹦跳著從裡面出來，一雙大眼睛骨碌碌地看著另外三個人，一副淘氣的樣子。

「亞新，這就是阿梅，她今天休息，所以在家裡。你瞧，她多不正經呀！」吳太太笑著向亞新說。

「媽，你簡直是欺負我嘛！在客人面前這樣講。」頑皮的阿梅故意裝出要哭的聲音。

「阿梅，你怎麼啦？」吳伯伯突然一聲吆喝，把室中的三個人都嚇呆了。

吳太太不高興地瞪了他一眼，阿梅伸了伸舌頭，亞新卻是嚇得臉色發白。

室內是一片難堪的沉寂，加以暮色漸深，光線黯淡，那股氣氛更是陰森森地使人難耐。吳太太沒有講話就把電燈扭開了，室內頓時充滿了光明，但亞新的心並沒有因此而開朗。

「亞新，對不起，我得去炒菜了，阿梅，你好好地陪亞新哥哥談談。」吳太太說著就走進了廚房。

在那盞一百支燭光的電燈下，此刻吳家的客室光同白晝，光亮的地板更光亮，而一切的佈置與擺設也都顯得更雅織，更調和了。三個人都沉默，亞新不安地在瀏覽室內的設備，偶然，他的目光與吳伯伯的相接，原來他的目光透過眼鏡片也在看他。

「你爸爸媽媽都很好吧？我們是老朋友，不過，十年都沒有見過面了。」一直到現在，吳伯伯才想出這幾句話來。

「爸爸媽媽都很好，謝謝您。」

「你什麼時候開學？」

「還有兩天就開學了。」

「臺北你以前來過沒有？」

「就是剛到臺灣來那個時候住了幾天，以後就沒有來過了。」

問答到了這裡就續不起來了，還好這個時候吳太太把飯菜端出來，才打破了這個僵局。吃飯的時候，由於有吳太太在座，氣氛才漸趨活潑。一張四方飯桌，亞新坐在吳伯伯的下手，阿梅的對面和吳太太的右邊。吳伯伯的話還是說得很少，阿梅可能是生她爸爸的氣，也不大開口，可是一雙大眼卻不時在亞新臉上溜來溜去。吳太太待他還是那麼親切，她不停地給他夾菜，用輕鬆的言語來逗他開心；然而，亞新的心情卻無法輕鬆起來。

在明亮的燈光下，今夜的吳太太看來和那幾個黃昏是多麼不同呀！原來他看著十分嬌俏的瓜子臉竟是尖削而黃瘦，原來一雙靈活的大眼也是憔悴而失神，眼邊佈滿了細細的紋路，笑起來就像一把打開的摺扇。她那副被他最欣賞的嬌小的身軀，在她高大的丈夫和健康的女兒面前，尤其顯得渺小可憐；她，其實並不比媽媽年輕多少呀！雖則她今夜仍是談笑風生，可是在亞新心目中已不是原來夕照中可親的女主人了。

他心裡頓時感到一陣莫可名狀的悲愁，也不知道是替吳太太的美人遲暮可惜，還是為過去那幾個美妙難忘的黃昏的幻滅而哀痛？

這一頓飯亞新吃得很不是味道，飯後稍微坐了一下，就藉口告辭了。他走的時候，吳伯伯站起跟他握手，叫他以後常常來玩，吳太太和阿梅則送他走到園門口。

「吳——吳伯母，謝謝你的招待，再會！」遲疑了一會兒，亞新終於改正他的稱呼。

「亞新，以後得常常來玩呀！」吳太太挽著阿梅的臂親熱地叮嚀著他，阿梅也含羞地請他要再來。在黑暗中，兩人看來又有點像姊妹了。

「好的，我會來的。」亞新說著，向母女倆揮揮手，就走向巷口去。他心裡想，我以後恐怕不會常來了，起碼，他也不要在黃昏時來，因為那會使他傷心的。

天很黑，黃昏已消逝得無影無蹤。

（四十八年「聯合副刊」）

心靈深處

洗得雪白，漿燙得硬挺，發散著肥皂香味的桌布鋪上了吃飯桌；十雙象牙筷，十副細瓷的湯匙和小碟子也已四平八穩地擺在每一個座位前面。桌子當中一瓶淡紅色的劍蘭，開著燦爛的花朵，幾片肥大茁壯的葉子陪襯著，顯得花朵更加嬌豔。

侯太太站在桌旁巡視著。她偏著頭，左手托著右肘，想了半分鐘，走到酒櫃面前，打開櫃門，取出四隻高腳的玻璃酒杯，放在兩個主客和男女主人的位子上，然後走到廚房門口，吩咐下女阿花做菜。

回到臥室，她看見丈夫已穿著整齊了。

「你還不快點打扮，客人馬上就要來了。」侯先生對妻子說。

「自家表兄弟，又不是外人，我也不必怎樣打扮，很快就會好的。你去看看孩子吧！看他們穿好了沒有？」

侯先生走了出去，侯太太坐在梳妝桌前，把頭上的髮夾子通通取下，讓一頭黑髮瀉在兩肩上，鏡中的她，頓時變得年輕了十幾歲。她拿起髮刷刷著頭髮，突然有了就這樣披散著頭髮，作少女扮的念頭；但是，這念頭只像電火閃過一樣，隨著就消失了，她對鏡苦笑一下，依舊把一頭濃髮挽起，在後腦鬆鬆地結了一個髻。

她天生麗質，從來不需敷粉，只淡淡的塗上口紅，就不再用其他化妝品。她走到衣櫥前面考慮著，穿什麼顏色的衣服好呢？噢！對了，穿那件杏灰色的吧！他是喜歡雅淡的顏色的呀！

侯先生又進來了。

「噢！你穿得太樸素了，難道你不想在那位第一次見面的表弟媳面前炫耀炫耀你的美麗嗎？」他和妻子開著玩笑。

「笑話，一大把年紀了，還炫耀什麼美麗？再說，美麗也不是靠衣服襯托出來的呀！」她淡淡地笑，在耳朵上和衣襟上又點綴了一副綠色的耳環和同樣的胸針。鏡中的她，雅麗得如同一朵出水的白蓮。

門鈴響了，孩子們搶著去開了門，又搶著來報告：

「爸爸媽媽，香港的表叔表嬸來了。」

她對鏡子看了最後的一瞥，嘴邊掛著矜持的笑容，隨著丈夫走了出去。

站在客廳中那個高高的男人就是他，濃眉下一雙閃亮的眸子，和當年完全沒有兩樣；只是，人彷彿長高了一些，也胖了。

「表弟，歡迎你們來！我因為帶著孩子不方便，早上沒有去接船，太對不起了。」侯太太走上前去，伸出手來和侯先生的表弟趙毅相握，然後又問：「這位就是表弟妹吧？」

「是的，這就是芷英。」

「表嫂，您好！」趙毅身邊那個嬌小玲瓏，打扮入時的少婦，也親切地和侯太太握著手。

「她們就是小芷和小英吧？多可愛的一對姊妹呀！看來比照片要漂亮得多哩！」芷英的身旁還站著兩個小女孩，於是侯太太又彎下腰去逗她們玩。

阿花送上了茶，孩子們也把兩個小表妹帶去玩了，兩對夫婦，坐下來開始聊天。侯先生和趙毅對坐著，侯太太和芷英並排坐在一起；她們是第一次見面，可談的話不多，幾分鐘以後，她們就幾乎是完全緘默下來，只在諦聽著兩個男人的談話。

「表弟，這些年來你真攪得不錯呀！年輕英俊的香港名律師！哈哈哈！」侯先生大聲的說著，也大聲的笑著。不知怎的，侯太太對丈夫這種自以為很風趣的言辭，不但一點也不欣賞，竟相反地，她感到有些憎厭。

她微微皺著眉在打量兩個男人。年逾不惑的侯先生，身體開始發福，頭頂也開始禿了起來；因為胖，本來並不大的眼睛現在顯得非常小，嘴唇也似乎變厚，這些因素，使得他的外形看來有點愚笨和庸俗。

當然哪！歲月無情，趙毅也變了。他不再是當年那個瘦削的，羞澀的男孩子；他是個高大壯碩的成熟男人，臉上帶著驕傲而滿足的表情，是的，他有足以自豪的地方，他是個名成利就的律師呀！

「表哥，你們不是也挺好的喔？你已升了主管，表嫂這麼賢淑美麗，四個孩子又那麼可愛，還有什麼不滿足的呢？」趙毅微笑著說。如炬的眼光很快地掃射了侯太太一眼。

「是呀！我也很幸福，但是，看到你們，總不免有後生可畏之感。」侯先生真心的嘆息著，也許是有感於自己外形的變化太大吧！

「得了，表哥，你別倚老賣老好不好？」趙毅嘴邊的微笑變成嘲弄式的了。

「表弟，難道你真的看不出我們老了？十二年了呀！」侯太太插嘴說。

「真的？我們已分別了十二年？讓我算算看：三十八年我和你們在上海分手時是唸大二，」趙毅沉吟，一面數著手指頭，轉向他的妻子說：「我們是不是在四十二年結婚的？」

「瞧你這個人！連哪一年結婚都忘了？當然是四十二年啦！小芷今年不是七歲了嗎？」芷英嘴裡雖然笑罵著，但一雙眼睛卻是含情脈脈地望著丈夫。

「噢！原來我的女兒都已七歲了，怪不得你們直叫老，我也覺得自己老了呀！」趙毅吊起了半邊嘴角，半認真半開玩笑地說。

侯太太很失望，因為她以為趙毅會說：「不，表嫂，你一點也沒有老，還是和十二年前一樣。」

阿花出來說菜已擺好了，於是，兩家人——四個大人，六個孩子，剛好團團的把一張圓桌坐滿。

侯先生舉起盛滿紫紅色葡萄酒的高腳酒杯，對兩個客人說：「來！乾一杯，慶祝我們重逢！」

說著，他仰起脖子，真的把杯中的酒一飲而盡，兩個客人把酒杯略一沾唇，就放下了。

「咦！你怎麼不喝呀？表弟妹不喝還情有可原，你一個大男人，難道連葡萄酒也不敢嗎？」侯先生對他的表弟大驚小怪地叫了起來。

「有，我喝過了。」趙毅面無表情地說。就在這一瞬間，侯太太對趙毅夫婦這種故作高貴的行為忽然感到非常厭惡。

她忙著為六個孩子夾菜。這時，阿花捧上來一道熱氣騰騰的清蒸獅子頭，她給每個孩子分了一份，然後又用羹匙舀了一個最大的放到趙毅的碗裡說：

「哪！你這個大孩子也吃一個吧！」

為了不冷落另一個客人，她又給芷英舀了一個說：

「獅子頭是表弟最愛吃的一道菜，也是我特地為他預備的。」

「他呀！他現在才不愛吃肉呢！他現在挑剔得很，除了新鮮的淡水魚外，甚麼都不愛吃！」芷英漫不經心地說，侯太太聽了臉上卻是一陣紅一陣白。

「表嫂，你怎知道他喜歡吃獅子頭呢？」忽然間，芷英若有所悟地又問。

幾乎是同時，侯先生夫婦一起回答：

「在上海的時候，表弟曾住在我們家裡，整整住了一年。」

「噢！」芷英應了一聲，但仍未滿足，用充滿疑問的眼光望著丈夫。

「唸大二那年我是住在表哥家裡，我不是已告訴過你嗎？」趙毅到現在才開口，臉上還是毫無表情，眼睛也沒有看著任何人。

侯太太的一顆心直往下沉，似乎已沉到一個無底的深淵裡去。她有著暈眩的感覺，不由得下意識地用手緊緊扶著桌邊。

侯先生發覺太太有了異狀，就親切地問：

「你的臉色為什麼這樣蒼白？是不是哪裡感到不舒服？」

「我好好的，沒有什麼。」她低低地說。

「可能是太累了，喝點酒吧！」侯先生再度舉起杯向客人敬酒。趙毅夫婦仍是略一沾唇，但這次卻是應酬式的加了一句：

「謝謝表哥表嫂！」

這一頓飯吃得並不如理想中的愉快。因為這一對客人太高貴了，尤其是那位名律師，這樣不吃，那樣不吃的，使得做主人的十分難為情。

喝咖啡的時候，又是只有侯先生一個人在講話。侯太太沉痛地想：「在大英帝國的殖民地住了十二年的人，難道就應該變得這樣高不可攀嗎？十二年的分別，竟就把人心的距離拉得這樣遠？」

那個瘦長的，羞澀的男孩子的影子，又在她面前晃動著，那一整年的時光她一直認為是她一生中最美好的。她有一份微妙的感情，珍藏在心靈深處；不過，如今那珍藏著珠寶都已變為毫無價值的石子了。

當年，他是二十歲的大孩子，她比他大兩歲，是個新婚不久的少婦。侯先生比她大了許多，是個只知有事業，不知有家庭，不解溫柔的丈夫。表弟到他家寄居，他認為是求之不得，他對他說：「我太忙了，不能常常陪你表嫂，她很寂寞，你有空時可以多陪她去玩玩。」

是的，他沒有使他表哥失望，這兩個年輕的大孩子很談得來，玩得很快樂，也相處得很融洽。他們一塊去看電影，去聽音樂，去跳舞，去溜冰，去郊遊；她要去買衣料，他陪她去選擇，他說他喜歡她穿雅淡的顏色；她在家裡打毛線，他替她繞線圈；她也常常親自下廚為他烹調他愛吃的小菜，照料他的一切起居。在侯先生的眼中，他們像一對相親相愛的姊弟；但是，在不認識的人看來，卻像一對幸福的情侶。

侯先生愛他的太太，也愛他的表弟，他一直把他當作小孩子看待，絕對的信任他。侯太太也愛他的丈夫；然而，漸漸的，連她自己也感到吃驚起來了，她和趙毅在一起的時候，竟覺得比和丈夫在一起更快樂。趙毅心裡怎麼想，除了他自己，沒有第二個人知道；不過，憑著女性的直覺，侯太太從趙毅那雙閃亮的眸子和羞澀的笑容中，也體會出一點他對自己的感情。

怎麼辦呢？就讓這份走了岔路的感情自己發展下去嗎？不行，這太對不住丈夫了！在歡愉的日子中，一顆憂愁的種子在侯太太的心胸裡慢慢地萌芽生長；直至戰火燃燒到黃埔江，趙毅匆匆離去，這顆新芽才又慢慢枯萎。然後，無數甜蜜往事的回憶，結成光芒璀璨的珠寶，珍藏在她的靈魂深處，使得她這十二年來的精神生活，富可敵國，無人能匹。

他們的分離是毫無羅曼蒂克的氣氛的。那天，吃過晚飯，趙毅拿著一封電報對他的表哥表嫂說，爸爸催他回去，全家要疏散往香港，他明天一早就要搭火車回家去了。在那種局勢裡，挽留的話是多餘的；侯太太心裡很難受，但她能說些什麼呢？三個人沉默著，大家都低著頭，不知道該說什麼好。

「你為什麼不跟我們一道到臺灣去呢？」終於，侯太太大膽地說出了心中的話。

「爸爸已決定了要搬家到香港。」他的態度異乎尋常的冷淡。那口氣，就彷彿他是個對父親百依百順的孝子。

「那也好。你要不要我替你收拾行李？」侯太太幽幽地嘆了一口氣又問，她希望能在替他收拾行李時和他多說兩句知己話。

「不必了，表嫂，我自己會收拾的。」趙毅竟一口拒絕了她。

她心裡很不高興，一早就上樓去睡，可又老睡不著，輾轉反側直到夜深。第二天起來，女傭告訴她表少爺已經走了。她走進他住過的房間裡，他連字條也沒有留一張。

她為這件事氣了好幾天，來到臺灣之後，才把這場不快忘掉，而把他過去種種好處想了出來。

十二年來，她的生活是平和的，也可以說是幸福的。四個活潑健康的孩子佔據了她整個的生命；雖則青春的光彩漸漸從她的臉上身上減色，丈夫發胖了，也更專心於事業了，但這並沒有給予她多少煩惱。她開始有了一種唯有中年人才能有的恬淡之感，最主要的是，在她的心靈深處，有個豐富的寶藏。

趙毅一直很少跟他們通信，差不多隔兩三年才飄來一張薄薄的淡藍色的郵簡，他們才得以知道他已邁過了畢業、就業、娶妻、生子等人生重要階段。最近這封來信顯然與以往的不同，厚厚的，裡而有著照片和證件申請書；啊！他們要申請入境，來臺渡假。她表面上雖然極力裝得很平靜，可是，那份激動，那份狂喜，真是難以抑制呵！

「我看我們得告辭了，太晚了，孩子們已過了上床的時間。」趙毅突然站起來說。他那高高的身影，投入侯太太的眼簾中，使得她從沉思中驚醒過來。

「不再坐一會喔？」她精神恍惚地問。

「不了，已經坐了很久啦！」嬌小玲瓏的芷英也站起來說。

「那麼，明天我們權充嚮導，帶你們兩位遊臺北近郊的名勝如何？」侯先生一面和趙毅握別，一面熱心地問。

「表哥，謝謝你的好意，我看還是免了吧！我們在這裡時間不多，有很多朋友要去拜會，也不知什麼時間有空，再說表哥你也要上班，何必麻煩呢？」趙毅的回答卻似乎有點不耐煩。

「我們是地主，應該盡地主之誼呀！」侯先生又說。

「自己人客氣什麼呢？」說著，趙毅已率領著妻兒走到了大門口。他走的時候，不知是人多雜亂呢，還是怎麼樣，他竟忘記了跟侯太太致謝和道別。

坐在梳妝桌前緩緩地卸著妝，侯太太很驚奇自己的心情何以這樣平靜。到底是大了幾歲，涵養的功夫深了，要是在當年，不氣得大哭才怪哩！

侯先生坐在床邊，一面彎腰脫鞋，一面對妻子說：「表弟變了，變得有點……」

「有點什麼？」

「我也說不上來。」

「你這個人就是太過厚道，我知道你不願意說別人的壞話，我就替你說出來吧！表弟變得非常倨傲，是不是？」侯太太慢慢地刷著頭髮說。鏡中的她，嘴角微翹，露出了一絲冷笑。

「真的是有一點。」侯先生點著頭說。

「我說呀！他不只倨傲，還相當無情哩！你記得他當年的事嗎？」侯太太心中的怨憤突然又爆發起來。

「還好，你的丈夫並不是這種人。」侯先生站到侯太太的身後，雙手搭在她的肩頭上。

「要是的話，我還會嫁給你？」她嫵媚地向他笑了笑。此刻，她覺得他的小眼睛和厚嘴唇都變成了忠誠可靠的標誌。

珍藏在心靈深處十二年的珠寶一旦變成石子砂礫，是一件痛苦的事；但是，假如你能把這些砂石卸下，那麼，你的心從此就會輕鬆無比了。

（五十一年「今日世界」）

癡聾

他輕輕拔掉鬢邊一根白髮，繼續用心梳理著那頭仍然濃黑的髮絲。擦上上好的髮油，不憚煩地翻來覆去的梳了又梳，直至所有的頭髮都光亮平滑得連一隻小小的螞蟻都站立不穩時，才滿意的停下來。

鬍子已刮過了，臉上光光的；他對鏡端詳著自己，覺得好像只有三十歲。

「青峰！你好了沒有？我們要遲到了呀！」他的妻子在房間的另一頭叫著他。

「馬上好了，你呢？」他一邊結著領結，一邊轉過頭去看她。

天！她正悠閒地坐在床畔看晚報，就好像不準備出門似的。

「淑怡，你怎麼攪的？拼命催我，自己卻還沒有打扮好！」

「我早就好了！」淑怡若無其事的，頭也沒有抬一下。

他仔細端詳她的確是換過了一件比較新的旗袍，一頭雞窩似的亂髮大概也梳理過了；可是，她黃蠟般的臉竟沒有經過絲毫化妝，甚至連那兩道紫黑色的嘴唇也沒有用口紅去遮掩。

「你，你不化化妝嗎？」他訥訥地問。究竟是多年的老夫妻了，他不好意想直接指摘她。

「化妝？你難道還不知道我的為人？我幾時抹過脂粉來著？奇怪，你今天有點反常了。」淑怡不高興地摔下了報紙。

「我知道你一向不愛化妝，但是，今天是參加上司女兒的婚禮，我覺得，你應該打扮打扮。」他搓著手說。淑怡是倔強成性的，他知道不容易說服她。

「管他是上司也好，是月球來的貴賓也好，我就是這副德行；假如你怕我這樣會使你丟人，那我不去好了。」她怫然了。

「淑怡，你太多心了！你知道我一向以你為榮，你的內在美是無人能及的。現在，我們不要再爭論了，等我穿好衣服就走好嗎？」他望著妻子那張黃蠟般的大臉，討好地說。那兩句讚美的話他對她已說了二十幾年了，此刻他竟開始懷疑這兩句話的真實性。

在這一霎時間，他的腦海中閃過另一個人的影子；他不願意這樣想，但又不得不這樣想；這個人和淑怡相較，真是個強烈的對比呀！

他們的辦公廳今天新來了一位打字小姐，她一出現，立刻吸引了所有的男職員的眼光；然後，當她捧著打好的文稿到總經理室去交給他時，他這個半百老頭子也為之驚艷了。

他很少（幾乎是沒有）見過這樣的女孩子，她的美迫使人不敢正視她，但又使人不能不去看她。他不知道怎樣去形容她，總之，她是屬於濃艷的那類型，很會裝扮自己，而又天賦一副標準的身材；她的兩隻眼睛似乎會說話，極富表情，笑起來甜得非常可愛。

當她佇立在他的辦公桌邊等候他吩咐時，陣陣玫瑰花的甜香衝入他的鼻管，他覺得似有昏迷的感覺。

「你是新來的打字小姐？」他想起了兩天前董事長曾經告訴他已安插了一個打字員進來，但已不記得董事長所說的名字了。

「是的，我叫馮愛倫。」機靈的她似已窺破他的內心，立刻伶俐地回答。

「你是哪一間學校畢業的？」他望著她，以總經理的身份又問。

「臺大外文系。」她嫣然一笑，露出潔白整齊的牙齒。

「呵！那你認識李小芙嗎？」他歡喜地說。

「李小芙，認識，不過我們不同系，不怎麼熟？總經理和她——」

「她就是小女，剛出國去了。」他笑咪咪的說。

「哦！原來就是您的小姐。我也聽同學說過她留學去了。李小芙真幸運，有這樣好的爸爸供她去外國讀書。」馮愛倫突然收斂了美麗的笑容。

「她喜歡去，我們做父母的也沒有辦法不讓她去；其實，像馮小姐這樣出來工作，學習一些社會經驗，不也很好嗎？」

「我們只是起碼的小職員，怎比得上高貴的留學生呵？」她幽幽地說完了，又問：「總經理還有什麼吩咐沒有？」

「暫時沒有了。」他矜持地對她點點頭。

望著她嬝娜的背影，他心中有一種說不出來的滋味。

＊　＊

李青峰咬著煙斗，靠在沙發上看著晚報；他的老伴兒淑怡卻是伏在書桌上聚精會神的批閱卷子。他望了望窗外燦爛的晚霞一眼，又看了看老伴兒傴僂著腰背，忍不住叫了一聲：「淑怡！」

「嗯！」她在喉嚨底應了一聲。

「出去散散步好嗎？」

「散步？你沒看見我桌子上這一大疊卷子嗎？」淑怡轉過頭來，摘下老花眼鏡，粗聲地說。

「回來再改不好嗎？」他又瞥了窗外一眼，絢麗的夕陽美景，引誘著他出去。

「不，青峰，你自己去吧！省得在這裡打擾我。」

「唉！你真是的，小芙不在家，家裡就剩下我們兩老，你還嫌不夠清靜？好，我走，不再打擾你了。」他站了起來，有點負氣地說。

「你生氣了？」她盯著他說。

「我常常叫你別去教書了，家裡又不缺那一點點錢，你卻寧願每夜在家裡改卷子而不肯陪我。」

「不去教書？你叫我每天待在家裡做什麼？叉麻將？逛櫥窗？還是跟鄰居們談論張家短李家長？」一提起這個話題，淑怡就火了。

「得了，太太，我不過說說罷了，何必認真？難道我真的不知道太太是位名教授是丈夫的光榮嗎？」妻子一發脾氣，李青峰就有點害怕，他連忙陪笑不迭。

「別肉麻兮兮的了，快點走吧！」淑怡不耐煩地揮著手，好像要趕走一隻討厭的蒼蠅。

他孤獨地在街上走著，走著，晚霞漸漸黯淡，天空慢慢變得漆黑，他的心頭也似籠罩著一片烏雲。一個有妻有女的中年人，為什麼每夜要忍受寂寞之苦？

走著，走著，他覺得有點累，但又不想回家去。看看腕錶，才不過八點半，他決定去看一場電影，不管什麼片子也好，只要可以消磨這段睡前的時光。

他招來一輛計程汽車，十分鐘後又已置身在燈火輝煌的西門鬧市。信步走到那間他常去的影院，也不著廣告牌一眼，就買了一張樓座的票子。影院門口只有疏落的三四個人，他注意了一下時間，還有二十分鐘才開映，於是，他想到要去找個地方坐坐，喝杯冷飲。

才要跨過馬路，他看見一個美麗而熟悉的身影向影院走來，紅綠黃三色相襯的充滿熱帶情調的大花圓裙，在光如白晝的夜街上飄揚著，而大花圓裙的主人更像是凌空的仙子。

「馮小姐！」他站住了，眼睛露出亮光。

「呵！是總經理！」凌空的仙子也站住，微微有點氣喘。

「馮小姐來著電影？票子買過了沒有？」

「還沒買哩！總經理也是來看吧？」

「是呀！真湊巧！我請客。」他還沒有徵求她的同意，轉身走向票房，順利地補了一張他旁邊的票。

馮愛倫大大方方地等在原來的地方。

「謝謝您了。」她笑著說。

「沒什麼，碰巧的嘛！現在還不到開映的時間，我們去喝杯果汁好不好？」

她又大大方方地跟著他去。走進冰店，他發現每一對眼睛望著他們，他們看馮愛倫也看他。他有點驕傲的感覺，知道他們決不會以為是父女；他皮膚白，又善於修飾，一點也不顯老，以前和小芙出去時候，人家也不相信是他女兒哩！

「馮小姐常常看電影嗎？」他望著她正在吮吸麥管的兩瓣紅潤的嘴唇，心裡想這真像家鄉的櫻桃。

「是的，晚上無聊時我就想到要看電影。」她對他嫣然一笑。

「那我們是同志了，我也是個影迷。」他說。其實他一個月難得看一次，因為他和淑怡對此都不太有興趣。

「那真難得！我媽媽是從來不看電影的。」她抿著嘴說。

「哦！那麼，令尊呢？」他訕訕地問，心中滿覺不是味道。

「我爸爸早就過世了。」她微微低頭。

「呵！對不起！」

「總經理，時間差不多了，我們走吧！」她吸完了最後一口，乖巧地解除了他的尷尬。

電影院出來，用計程車送了馮愛倫回家，再回到自己家裡，已是十一點半，老妻猶獨自倚在床欄上看書。

「這麼晚了你還不睡？」他一邊脫衣一邊問。

「還不睏嘛！你去散步怎麼去了那麼久？」

「我看了一場電影。」

「咦！哪裡來的香味？好像是香水。」淑怡像一隻狗似的，尖起鼻子到處嗅著。四十八歲的她雖然已經老眼昏花，但鼻子卻挺靈的。

「我跟一位小姐一同看的電影。」他知道瞞她不過，只好說了出來。

「小姐？原來老頭子有艷遇！」她拍手大笑起來。

「別瞎說！那是小芙的同學，現在我們公司裡當打字員。」

「你請她去看電影？為什麼我一直沒聽你說小芙有同學在你那裡工作，她叫什麼名字？」淑怡似乎大感興趣。

「馮愛倫，才到差的。我剛才在戲院碰到她，就順便請她了。」

「馮愛倫？我好像沒聽小芙說過這名字。怎樣？她漂亮嗎？」

「唔，還不錯！」他違心地說。說著，爬上了床，閉目裝睡。朦朧間，他覺得老妻在推著他。「青峰，我想請馮愛倫來吃一次飯，小芙不在家，怪寂寞的，請個年輕人來玩玩也好。」

「你怎麼忽然間又愛起熱鬧來了？」他迷迷糊糊地問。玩了一個晚上，他真的有點睏了。

「你別管，你替我請來就是。」

＊　＊

馮愛倫今夜是出奇的樸素，自從認識她以來，李青峰還不曾見過她如此淡裝。除了一抹淺淺的口紅外，她沒有使用任何化妝品。誘人的香水味沒有了，不過，身上那件式樣簡單的米色洋裝卻散發著淡淡的肥皂味，使人感到她是冰肌玉骨，清涼無汗。

而對一位陌生的長輩，又是上司的夫人，馮愛倫似乎有點窘困不安，她一直低著頭，非不得已時不肯開口。淑怡還是依然故我，並沒有因為家中來了新客而稍稍修飾一下。她好像沒有察覺出馮愛倫的困窘，不斷地問長問短，使馮愛倫簡直是窮於應付。始終很少說話，冷眼旁觀的李青峰，覺得她簡直像個愛饒舌的鄉下老太婆而不像個副教授。

小姐本來就吃得不多，在一個囉嗦不休的女主人面她就更減少了動箸的興趣；青峰和淑怡兩老的胃納也有限，一個鐘頭過去，滿桌子的佳餚還沒有去掉三分之一。淑怡卻還是滔滔不絕地，彷彿她的請客只是為了打聽客人的私事而不是讓客人吃飽。

青峰心疼地看著馮愛倫微皺著眉，勉強把小碗中的飯扒完，喝了一口湯，就像逃避什麼似地站起身來，小聲地說：「李伯母，總經理，兩位請慢用。」

「你沒有吃飽吧？」他又是心疼地說，也隨著站了起來。

「謝謝您，吃飽了。」

「小姐怕胖，誰像你那麼饞嘴？」淑怡白了丈夫一眼，立刻向客人說：「馮小姐，我陪您洗臉去。」

「不用了，李伯母。」馮愛倫推辭著。

「客氣什麼？洗把臉好舒服些呀！走走！」淑怡拉著馮愛倫的手。

兩人到浴室裡很久才出來。淑怡一直咯咯咯地笑個不停，好像很開心的樣子；馮愛倫則是嬌羞地低著頭。

「什麼事這樣好笑？」青峰疑惑地問。

「不關你的事，你別管！」淑怡向他揮揮手，又笑了起來。

女主人笑完了，客人依然嬌羞地低著頭，男主人咬著煙斗，在思量怎樣打開這沉悶的局面。

「淑怡，我們請馮小姐去看電影好不好？」他終於開口了，語氣中帶著幾分畏怯。

「好呀！為什麼不好？」淑怡馬上爽快地答應了；但是，幾秒鐘以後她又說：「噢！不行，我走不開，我已和兩個學生約好，他們九點鐘要來見我。這樣吧！你陪馮小姐去好了。」

青峰用眼色徵求馮愛倫的意見。馮愛倫立刻說：「不，李伯母，我也不能去。我母親不大舒服，我要早點回去陪她。」說著，她就站了起來。

「呃——」李青峰也跟著站起來，想勸她去，卻又不敢。

「看一場電影不要緊吧？令堂患的是什麼病？」淑怡關切地問。

「不，我真的不能去，我答應了媽媽要早點回去的。」馮愛倫急急地說，彷彿她是十二歲的小女孩。

「馮小姐不想去，就算了吧！」青峰對淑怡說。

「那你送她回去。」淑怡輕輕推了他一把。

「不，不，我自己回去好了。」馮愛倫急急的說了，像個乖巧的小學生似的，向青峰和淑怡微微一鞠躬：「謝謝總經理和李伯母，再見！」說完了，敏捷地一轉身，自己開門出去了。

「不錯！不錯！」淑怡望著剛剛入暮的庭園，喃喃自語。「美麗，純潔，樸素，有禮，孝順，真不知比我們小芙好了多少倍！青峰，你為什麼騙我？青峰！」

「哦！什麼事？」雙眼發直的青峰被這一聲吆喝才收回了出竅的魂魄。

「我說你為什麼騙我？」淑怡一手叉腰，一手指著青峰的鼻子，像隻胖胖的酒壺。

「我，我騙了你什麼？」他驚惶失措地說。

「馮愛倫這麼一個出色的美人兒，你竟騙我說『還不錯』！」

「噢！我還以為是什麼了不起的罪狀哩！『還不錯』不就等於『好看』了嗎？」他鬆了一口氣，卻仍很謹慎的使用說話的字眼。

「那可差得遠了！她不只美，而且可以說是絕色。咦！」淑怡忽地用鼻子嗅了嗅四周，叫了起來：「你那天真的是跟她一道去看電影嗎？」

「太太，你別疑神疑鬼的寃枉好人！除了她還有誰？你以為我這老頭子真的有了艷遇？」淑怡近乎無理取鬧的話，使他忍不住大聲嚷了起來。

「今天她為什麼沒有用香水呢？那股淡淡的幽香多誘人呵！」淑怡仍然尖著鼻子到處嗅著，那樣子就像一頭機靈的獵犬。

＊　＊

「淑怡，今天晚上公司開業務會議，我不回來吃晚飯了。」

「淑怡，公司今晚要請一些同業吃飯，我是主人，不能回來陪你了。」

「淑怡，董事長送了兩張平劇的票子給我，是名票大會串，你要去嗎？」

「噢！你知道我不看平劇的，你自己去吧！」

「這個星期六晚上的大學校友會有跳舞，我們去玩玩好不好？」

「別開玩笑！我這個老太婆還跳舞？」

「去看看嘛！」

「摟摟抱抱的有什麼好看？不過，青峰，我知道你好此道，你自己去吧！隨便找個舞伴都成。」

「不，我不跳，想去和老同學們聊聊倒是真的。」

「這雨真悶人！什麼時候才下得完呀？」

「青峰，出去走走吧！我看你近來好像很不開心似的，公事又忙，可不要把身體弄壞呀！」

「你跟我一道去，看一場電影。」

「哎呀！你沒看見我這一疊卷子嗎？你自己去吧。」

＊　＊

「總經理！」馮愛倫拿著一疊文件，笑盈盈地站在李青峰的辦公桌前。

「又叫我總經理了！」李青峰抬起頭來，假裝生氣的樣子，但在他的眼裡，比她的笑意更濃。

「要不然叫您什麼嘛？叫李老伯好不好？」她咯咯的笑著。總經理室很廣大，隔的又是磚牆，她的笑聲外面聽不到。

「噢！」他瞿然一驚，但旋即摸了摸自己光溜溜的面頰和人中又說：「我並不老呀！你叫我名字不好嗎？」

「那怎麼行？你是我的上司，又是同學的父親。總經理，今天晚上，我想請您吃飯，肯賞光嗎？」

「你要請我吃飯？」他幾乎不相信自己的耳朵。

「是呀！請您一定賞光。」她把地點和時間告訴了他。

「愛倫，是不是你過生日？」他追問著。

「不是。」

「那麼你請客有什麼原因沒有？」他想利用時機獻一番慇懃。

「有是有一點，不過我現在不能告訴您。」她抿著小嘴，故作神秘的說。

「好，好，你不願意說我不迫你。不過，有一個條件，你請吃晚飯，我請你看電影如何？」他自以為很聰明，很有把握的說。

「好吧！晚上請早點來呵！」馮愛倫像每次他約會她一樣，很爽快的答應了。

向太太編造了一個很合情合理的藉口，李青峰把自己加意打扮一番，提早出門。跑了好幾家委託行，才選中了一瓶巴黎出品的名牌香水，正是馮愛倫常用的發散著玫瑰花甜香那一種。

把那小瓶香水藏在口袋裡，他喜孜孜地趕到飯店去。他的心在跳，雙頰現出紅潮，竟彷彿有著三十年前初戀時的感覺。他羞慚地在想：難道我真的愛上了這個和自己女兒同年的女孩子嗎？不，不，這不是愛，我只是喜歡她，像喜歡自己的女兒一樣。她不正是個挺逗人喜歡的孩子嗎？

馮愛倫選的這間飯店很幽靜，顧客不多，李青峰登上二樓，就看見了馮愛倫，但是，她身旁卻坐著一個年輕的男人，兩人談笑正歡。

霎時間，他的腦海中有著轟轟然的感覺，但覺全身的血液都往上沖。他站在樓梯頭，用手扶著欄杆，提防自己倒下去；癡癡的站著，不知上前還是後退好？

馮愛倫已看見他了，她走過來迎著他：「總經理，請這邊坐！」

他像個木頭人一樣跟著她走，臉上堆砌著尷尬的笑容；他心裡明白，這個時候如有鏡子給他照，他的模樣一定非常可笑。

「總經理，我給你介紹一個人，這位是常寶仁先生，我的未婚夫，剛從美國回來。」馮愛倫用最甜蜜的笑容和聲調把兩個陌生的男人連結起來。

那個看來相當漂亮的小夥子站起來微笑著和李青峰握手。李青峰除了極力把一些沒有感情的笑擠出唇邊之外，竟說不出一句話來。

他不知道這頓飯是怎樣吃完的。他只彷彿記得常寶仁不絕地謝他對馮愛倫的愛護與照顧；然後，馮愛倫又撒嬌般的要他擔任他們婚禮的證婚人。

當他帶著相當的酒意坐上回家的計程車中時，他方才明白了一個事實——馮愛倫要結婚了，他過去兩三個月來的歡愉也要結束了。馮愛倫之所以肯陪他玩，無非是為了要排遣未婚夫不在時的寂寞，而自己竟自作多情！

回到家裡，淑怡又是靠在床上看書。她把眼光從老花眼鏡下抬了起來望了望他：「回來得這麼早？」說著她又尖起鼻子：「你喝了不少酒，對不對？」

「沒辦法嘛！大家都搶著向我敬酒。」他別轉身，不敢看老妻一眼。脫下外衣褲和鞋襪，他竟一反每天的習慣，不先去洗澡就爬上床來。

「你怎麼不去洗澡？」淑怡放下手中的書本，詫異地看著他。

「太累了，不想洗。」他仰臥著，雙手枕在腦後，失神地凝視著天花板。「淑怡，燈光太亮了，刺眼得很，把它關掉好不好？」

淑怡沒有作聲，走下床去把吊燈關掉，只留下床頭小几上的座燈給房間塗抹上一層柔和光的影。

青峰的確累了，無論在身心兩方面都累了。他閉上眼睛，希望睡眠能埋葬了他的悲哀；然而，他不能，不管他的眼皮多沉重，他的腦筋卻是清醒的。哀愁、失意、自卑、慚愧……，千萬種情緒在他的胸臆間激盪著，不自覺地，一絲嘆息從他的唇間漏了出來。

「青峰！」淑怡躺在他的身邊，用從來不曾有過的溫柔的聲調叫著。

「嗯！」他無力地回應著。

「你心中要是有什麼不痛快的事，不妨告訴我，我願意替你解憂。」淑怡的聲調依然溫柔無比。

「我沒什麼。」

「青峰，說吧！無論你做了什麼事你的老妻都會原諒你的。」淑怡握住了他的手。

「原諒？你這是什麼意思？我並沒有做什麼對不起你的事呀！」他吃了一驚，翻身面向著她，著急地說。

「青峰，別急，我並沒有說你有什麼對我不起；我的意思是說，你假如想告訴我什麼，我都願意聽，而且我答應你絕不生氣。」她委委婉婉地說，但那股神秘的味兒卻使得他愈來愈不安。

「我真不明白你在說什麼。」他喃喃地說，酒意開始使他昏昏欲睡。

「是不是她不理你了？或者是他回來了？」她也喃喃地說，彷彿是在自言自語。

「你說什麼？」他已矇矓入睡，聲音很低沉。

「我說，是不是馮愛倫的未婚夫回來了？」她一個字一個字的平靜地說。

「什麼？」他大叫了一聲，翻身坐起，酒意和睡意全部消失得無影無蹤。

「你躺下來，你躺下來！青峰，我說過我會原諒你的，你不必太激動！」淑怡伸手按他睡下。

「淑怡，你全都知道了？」他背著她，把頭深深埋在枕頭裡，他覺得自己的眼睛濕潤起來。

「我可以說全都知道，也可以說毫不知情。」她對著他寬闊的背影說。

「淑怡，你打我罵我吧！」他真的哭出來聲音了。哭，對一個五十歲的男人而言，真是罕有的事。

可是，她沒有回答他，自顧自的又說：「打從你獨自看完電影，帶著滿身香水味回來那天起我就有點懷疑，及至看見你在馮愛倫面前那種不安的樣子就更加證實我的猜想；後來馮愛倫告訴我她已訂過婚，未婚夫兩個月後就要回來，所以我放心讓你跟她在一起。不過，我對你們的來往，真的是毫不知情，因為我不願意去偵察自己的丈夫的行蹤。」

「淑怡，你既然知道了，為什麼不阻止我和她來往呢？」老妻的寬大，更增加了他的內疚，他索性用枕頭捂住了臉。

「不癡不聾，不作老夫老妻呀！」她哈哈大笑起來，伸手拍了拍他的肩膀說：「睡吧！老頭子，一切都過去了。」

她把床頭燈也滅了。

「淑怡。」他喚了一聲。

「什麼事？」

「我要送你一瓶香水。」他想起了口袋中那瓶名貴的法國香水。

「笑話，我老太婆還用香水做什麼？」

「香水跟年齡是沒有關係的。」

「算了，不必討好我。我看馮愛倫一定快結婚了，留著送給她吧！那最合適不過了。」

「我一定要送你一樣東西。」他由衷的感激著她，若是換了一個平凡的女人，不又哭又叫又罵才怪哩！

「不必了，我也有不對的地方，過去，我的確太冷落了你。」在黑暗中，淑怡撫摸著自己粗糙多皺的臉，心裡想：我是不是也該注意一下自己的外表呢？

（五十年「婦友」）

聖凡之間

出乎大家意料之外，堅守了三十年獨身主義，素有聖人之譽的馬教授，終於結婚了，他娶了那個替他洗衣服的寡婦阿鳳。

此刻，是馬教授新婚的第二日，他正舒適地躺在床上，雙手枕在腦後，在等候他的新婚夫人替他做早餐。一陣煎蛋的香味從廚房中送來，馬教授深深地吸了一口氣：「呵！真香！家庭生活多麼愉快！有妻子的人多麼幸福！我為什麼不早幾年結婚呢？」

「過去的三十年我多麼愚蠢！唉！簡直是浪費！」馬教授想著不覺失笑起來。「都是那本《浮士德》害我，要不是受了哥德這本巨著的影響，我又怎會抱起獨身主義來呢？我本來要學浮士德做一個屹屹窮年，終身求學的學者的；浮士德終於因為愛情而把自己的靈魂賣給魔鬼，如今我也為了本身的幸福而向理想投降，但是我總比浮士德幸運得多呢！」

回想到他的青年時代，馬教授就覺得堪以自傲。那時他學成從歐陸回來，頂著哲學博士的頭銜，年輕有為，人才一表，不但各有名學府爭相羅致，而且一般的名公貴人家中有女兒待字的，也都想贏得他做東床快婿，但是馬教授另有他的想法，他認為家室是男人的累贅，結了婚將會妨礙他的研究工作；所以，他對所有要想和他攀親的人都一概婉辭。同時，他反而選中了一所待遇並不優厚，卻是校風純樸，環境清幽的大學作為他施教的地方。於是，就這樣一待就待了二十幾年。

起初，社會上對他這近乎怪僻的行徑都很不瞭解，大家都認為他是恃才傲物。然而，時間是最好的證人，光陰荏苒，一晃二三十年，馬教授所給予社會人士的印象仍是一個高尚的學者，一個諄諄善誘的好教授。每天，他除了授課的時間以外，就是躲在自己的房裡讀書寫作。他不抽煙，不喝酒，讀書倦了，一盞清茶，聽聽音樂，或到樹林中散散步，這就是他唯一的消遣。

卅年來由於他的研究不斷以及過的是超凡入聖的生活，他已是國內數一數二的哲學權威學者，同時也獲得了聖人的雅號。

來到臺灣以後，馬教授的生活習慣仍然不改；不過，大概是因為他長年缺少運動，而又用腦過度的關係；他的健康狀況不怎麼好，而且也老得很快，才五十出頭的人，頭髮已經斑白，老花眼鏡也早就戴上；他的牙齒壞了許多，而背部愈來愈彎曲。環顧和他年紀相若的朋友們，他們已經兒女成群，甚至有些已經抱了孫子，卻都個個比他年輕，比他精壯。對於這種現象，馬教授為自己解嘲說，是這些人不用腦，而否認他們之所以不老是得力於太太照顧的關係。

幾個月前，流行性感冒襲擊著臺灣，馬教授年老體衰，立刻就被感染到了。他一個人倒在單身宿舍裡，渾身發著高燒，噴嚏打個不停，手足痠軟，頭痛欲裂。那個該死的工友為他買了一包感冒特效藥回來，給他放在床頭，同時又為他倒好一杯滾熱的開水後，就一溜煙的跑開了。馬教授昏昏沉沉地睡了一覺醒來，口渴難當，他想起來喝水，可是手足都不聽他的指揮，動彈不得，他痛苦的呻吟著，嘆息老來還要受病魔折磨。

正在這個時候，他聽見有人推開前門，接著就有赤腳走過地板的聲音，原來是洗衣婦阿鳳送衣服來了。

「阿鳳，請妳把水遞給我，我病了。」馬教授像遇到救星似的喚著她。

「呀！先生，你病了？」阿鳳吃驚地問，立刻就把那杯水遞到教授的枕邊，並且服侍他喝下。

「阿鳳，謝謝妳。」他感激地說。

「先生你還要我做些什麼事嗎？」阿鳳同情地看著他說。

「沒有什麼了。」馬教授剛說完了這句話，立刻就打起噴嚏來，而且一連打了好幾個。

「先生，你感冒了，我記得有一種醫感冒的藥方，讓我去給你買來。」阿鳳說完就匆匆的去了。過了沒有多久，她提了一個紙包進來，對馬教授說：「先生，藥買來了，我現在就給你去煎。」

「阿鳳，妳太好了，藥買了多少錢？我還給妳。」馬教授用無力的聲音說。

「藥很便宜，這是我們臺灣人的土方，你吃好了再談吧！」阿鳳很聰明，她雖然沒有進過學校，但國語倒說得很流利的。

阿鳳到廚房裡去，不到半個鐘頭，她就捧著一碗熱騰騰冒著氣的湯藥進來。

「先生，趁熱把它喝下去吧！喝完了你出一身汗就會好的。」阿鳳捧著藥，站在床邊，像哄嬰兒似的在哄馬教授吃藥。

馬教授半欠著身子，就在阿鳳手裡把那碗濃褐色苦裡帶甘的藥汁喝完了。喝完了藥，阿鳳遞過一條毛巾給他揩了嘴，服侍他睡下，再替他蓋起一條薄被，然後拿著空碗輕輕地走了出去。他閉起眼睛，一會兒就沉沉地睡著了。

當他再度醒來的時候，他發現自己全身已被汗水濕透，同時，奇蹟似地，他的頭痛消失。他覺得肚子有點餓，現在，他唯一的慾望就是起來洗一個熱水澡，再好好的吃一點東西。

他從床上坐起來，覺得還是沒有氣力，嘆了口氣又倒下去。這時，他發現阿鳳又進來了。阿鳳看見他醒過來，高興地叫著：「先生睡醒了，有出汗麼？」

「阿鳳，妳怎麼還不回去？你家裡的孩子會找你的。」馬教授看見她還在，不覺感到十分詫異。

「先生，你年紀這樣大，生了病沒有人照顧太可憐了，我沒有孩子，家裡只有一個母親，我留在這裡服侍你沒有關係的。」

「妳還沒有結婚？」在馬教授眼中看來，又白又胖，身段豐滿的阿鳳該是一個已婚少婦才對。

「我的男人死了，死三年了。」阿鳳垂著頭說。

「呵！真可憐！」馬教授看著她，頓生憐憫之心。

「先生，你出汗了沒有？我倒水給你洗澡好不好？」阿鳳又再度的問。

馬教授在洗澡的時候，阿鳳到廚房裡替他煮麵，等他洗好之後，一碗香噴噴的蔥花蛋麵做好。馬教授吃完麵，他覺得病已好了一半。

第二天阿鳳再為他煎了一服藥，並且又替他做了早餐，收拾屋子。她伶俐的手腳及溫柔的態度，給予馬教授以很大的好感。

馬教授經過這場病後，深深感到一個老年人生病無人服侍之苦，他覺得阿鳳人很不錯，決心請她來當女僕，阿鳳也答應了。然而，就在這個時候，這位聖人忽然又有了另外的主意。

「阿鳳，妳今年多少歲？」當一切談妥，阿鳳說好了明早來，正要離去的時候，馬教授突然這樣問她。「二十三。」阿鳳初有點愕然，但立刻就回答了。

「阿鳳，妳為什麼不再嫁人呢？」他劈頭劈腦的又問。

「誰要我呢？我只是個洗衣婦。」阿鳳低著頭回答。這時她正背門站著，一抹夕陽塗在她的身後，使得她的黑髮和面頰都像鍍了一層金彩似的，美麗異常。

「妳是個好女子，我替妳介紹一個怎樣？」他微笑著說。

「謝謝你，先生，我哪裡有這樣好的福氣呢？」阿鳳以為聖人在開玩笑，毫無興趣地回答。

「妳看我怎麼樣？妳願意嫁給我嗎？」馬教授從來不曾有過戀愛的經驗，想不到這破天荒第一次的求愛，卻是這樣直截了當而且是原始式的。

「先，先生，你不是在找我開心吧？」阿鳳聽了馬教授的話，大吃一驚，不禁用手掩著嘴吃吃地說。

「阿鳳，我是真心的。我從來不曾結過婚，現在老了，我覺得需要一個太太來照顧我，我很喜歡妳，妳肯嫁給我嗎？」馬教授坐在一張安樂椅上指手劃腳的說著，因為怕阿鳳聽不懂，所以就用手勢來加強語氣。

「可是，我是一個洗衣婦，你是一個教大學的先生，我配不上你的。」阿鳳喃喃的說。

「阿鳳，只要你不嫌我老就行，身份算得什麼呢？妳答應我吧！」馬教授很著急的說，他唯恐她不答應。

「先生，我不嫌你老，讓我回家跟母親商量商量吧！」聖人的真誠打動了阿鳳的心，她紅著臉這樣說完了以後，就急急忙忙地走了。

就這樣地，洗衣婦阿鳳變成了教授夫人。接到他們喜帖的馬教授的同事親友對這樁婚事個個都大感意外，有人說他人老心不老，也有人批評他不應該降低身份娶一個洗衣婦。馬教授對外界的批評全都不放在心上，因為他認為自己的做法是對的。聖人也好，凡夫也好，當一個人在悠長的人生旅途上走得疲乏的時候，誰不想得到一點家庭的溫暖呢？

想到這裡，馬教授得意地獨自笑了起來。這時，穿著一件嶄新麻紗洋裝的新娘阿鳳正捧著早餐進來，托盤上擺著的是一杯牛乳，兩隻煎蛋，一小碗湯麵。

「先生，你醒來了？請吃早點吧！」阿鳳仍然用習慣的稱呼恭敬地服侍她的丈夫。

「阿鳳，妳今天真美麗！」馬教授笑吟吟地看著她。

阿鳳不好意思地低頭一笑，朝陽照在她的臉上，她的臉頰顯得更紅了。

長街

長街上，燈火熒熒，人影幢幢。我和芷娟在人叢中擠來擠去，從街的這頭逛到那頭，從那頭又逛到這頭；反正這個地方就只有這麼一條大街，再也沒有別的去處，逛到累了，回旅館倒頭便睡，也就算混過一天。

八月的風吹亂了我們垂肩的直髮，身上一襲藍布大褂也有點晃晃蕩蕩的。我盤算著：「我們疏散到平樂來已快有一個月了，什麼時候才能回到桂林去呢？」

「怎麼不說話了？是不是又在想他？」芷娟猛然的扯了我一下，使我嚇了一大跳。

「別這樣神經兮兮的好不好？誰想他？少胡說八道！」我不高興地說。

「哈！不要臉，我又沒有說出你在想誰，你就承認了。」芷娟竟然用手劃著臉在羞我。

「好！你欺負我，我不理你，我要先回去！」我真的生氣了，把頭一昂，就大踏步往前走。

芷娟連忙從後面趕來，捉住我的手求饒說：「我的好冰紈，我下次不敢了，你等我一道走。」

「那麼你不許再胡說八道，知道嗎？」

「知道了！知道了！」

長街上夜市很熱鬧，攤販擺了密密的兩排，吃的、穿的、用的東西全有。在快到旅館時候，我們在一個水果攤前停了下來，在電石燈搖曳不定的光芒下，這一幅靜物畫多誘人呀！紫色的葡萄、黃色的楊桃、褐色的龍眼、青綠色的沙田柚、鮮紅的柿子……，五彩斑爛，清香撲鼻，它引起了我們的食慾，也引起了我的鄉愁；這裡不是我的故鄉，但這些水果卻完全和我們故鄉的一樣！

我和芷娟彷彿像兩個貪吃的孩子，買了一樣又一樣，直到四隻手捧不了為止。

「小姐，是不是要請客？」當我們正要走開的時候，一個熟悉的聲音在身後這樣叫著。回頭一看，是我們的同事眼鏡老張，他和我們住在同一的旅館裡。

「好嘛！」我和芷娟同聲說。論年齡，老張可做我們的父親，我們也視他如長輩，他一向都很照顧我們的。

「可是還有別人啊！」老張笑嘻嘻地說。

「誰？」

他指了指身後，在朦朧的光線中，我看見老張的身後還站了兩個人，一個是我們的主管——白髮蕭蕭的黎科長，一個是不認識的陌生人。

黎科長走到前面來，對他身邊的那個人說：「老郭，我給你介紹兩位同事，這位是負責文書的季冰紈小姐，這位是管會計的朱芷娟小姐。」然後，他又對我們說：「這位是郭課長，剛從衡陽分局調來，是有名的嘉興才子。」

我們互相點點頭。由於黎科長最後那句話，我不免看了看這位所謂「才子」一眼，看見他長得白白淨淨，端端正正的，是一副地道江浙男人的樣子。心裡正想他不知有什麼「才」，卻發現他的眼光也正向自己臉上掃射，就連忙別轉頭去。

「怎樣？還請客嗎？」老張又說了。

「請！請！你們幾位要在這裡吃呢？還是回『龍潭虎穴』去吃？」我勉強抬動一下捧著一大堆水果的雙手，希望有人替我減輕負擔。

「季小姐恐怕拿不動了吧？我幫你拿一些。」果然，郭課長見義勇為，把我手中的負擔拿去了一大半，接著，老張也替芷娟拿了一部分。

黎科長說：「我們還是回『龍潭虎穴』去吧！小姐們請吃水果，我請喝酒，替郭課長洗塵。」

我們的機關在鎮上最講究的旅館中包了一層給我們這些疏散來而負擔有工作的職員居住。這間旅館名叫「龍潭」，因此我們都管它叫「龍潭虎穴」。其實，這是名不符實的，我們在這「龍潭虎穴」中一點也沒有危險，相反地是既安全而又寫意。敵機一次都沒有來光顧過平樂，我們又經常無公可辦，每天，我們用飲食玩樂來打發日子，也用以麻醉鄉愁。今夜的聚會，除了多了一個郭課長以外，無殊於往日。黎科長慈藹風趣，老張能飲健談；此外還有一個頑皮搗蛋的小侯，加上一張嘴全沒遮攔的芷娟，大家就說個沒完。我是不大愛講話的，就只有坐在一旁微笑傾聽的份兒。郭課長的話似乎也不多，我不知道他是為了陌生還是本性如此。

「季小姐，老郭的舊詩寫得很好，你今後可以和他唱和一番了。」酒酣耳熱的黎科長發覺我們都不大說話，就這樣說。

「季小姐也做詩？真難得！什麼時候給我拜讀拜讀好麼？」郭課長雙眼發出光彩，興奮地問。

「沒有事的！黎科長喝醉了。」我說。我很怕人家在我面前提到我那些歪詩。

「季小姐，你可不能賴！老郭，我沒有醉，是真的！明天我叫她拿給你看。」黎科長歪著頭說，我看他真是有幾分醉意了。

「我提議季小姐和郭課長即席賦詩。」促狹鬼小侯舉起酒杯說。

「我贊同！」老張也叫了起來。

「我不來了，你們老要找我開心，我要去睡覺了。」我說著就站了起來。

「我主持公道！」芷娟拉著我說：「冰紈你別走，坐下來聽我說。季小姐的好朋友顏倚桐不在這裡，她是沒有靈感做詩的，你們別逼她好不好？冰紈，你應該謝謝我替妳解圍了吧？」

「你最壞了！誰理你？」我甩開她的手，逕自走回房中。

外面響起了一陣笑聲。

過了好一會，鬧酒的聲音靜止了，芷娟也走進房間來。我轉過身去裝睡，不理她。

「怎麼？真的生氣了？」她說。

我不響。她走過來搔我的膈肢窩，使我不得不笑起來。

「討厭！人家都快要睡著了。」

「騙鬼！這麼快就睡著？喂！說真的，你得謝謝我解圍，我看郭課長對你很有意思！一雙眼光就沒有離開過你身上。」

我霍地坐了起來，用力擰著芷娟的面頰說：「你今天犯了什麼毛病？老是胡說八道！」

芷娟雪雪呼痛，離開床沿，走到窗前坐下，也假裝生氣說：「真是狗咬呂洞賓，不識好人！本來嘛！郭課長喜歡你關我什麼事？一個嘉興才子，一個嶺南才女，豈不是天造地設的一對？我只是怕你們鬧出三角來，害了留在桂林的那位罷了！」

「你可憐他，那麼你嫁給他好啦！」我對於顏倚桐實在並無好感，娘娘腔十足，而又一無所長；我之所以肯和他來往，無非是感於他的一片癡心，才稍予以顏色，誰知機關裡就盛傳著我和他在戀愛。

「呀！不打自招！你不喜歡顏倚桐了？是不是看中了郭課長？」她又走到床前來低聲地問。

她這樣好事，這樣多言，使我感到無法招架，生氣絕對不是辦法，我只好求饒了。「我的好芷娟，我求求你不要信口開河好不好？給人家聽見是會鬧出笑話來的呵！」

「那你說你對郭課長是不是有意？」她還不放鬆。

「去你的！憑什麼我要對他一見鍾情？」

「喜歡不喜歡顏倚桐？」

「不喜歡，要把他出讓給你。」

「好，你壞！看我來收拾你！」她又來搔癢了，我們笑作一團，在床上直打滾。

＊　＊

我的一本手抄詩集終於不能不獻醜，因為黎科長幾乎是用命令式的口吻叫我拿出來的。交給了郭課長以後，我就像逃避什麼似的，拉著芷娟走出旅館，到街上蕩了大半天，直到黃昏才回去。

作為辦公用的大廳空蕩蕩的，沒有一個人。我們才走到房門口，對面一個房間的房門打開了，郭課長走出來對我們說：「黎科長他們到河上划船去了，他請你們兩位也去。」

「郭課長你為什麼不去呢？」芷娟說著對我偷偷作了一個鬼臉。

「我——我在這裡等候你們兩位。」郭課長的臉紅了一下。

「我看我們不要去算了，在街上逛了大半天，已經夠累了。」芷娟沒有徵求我的同意，就這樣回答。

我沉吟著沒有說話，郭課長立刻機警地用祈求的眼色看著我說：「季小姐，你呢？去玩玩好嗎？」

同時，我又感覺到芷娟在瞪著我，我結結巴巴地說：「朱小姐不去，我也不想去了。」

芷娟高高興興地拉著我的手走回房間去，扔下郭課長一個人失望地站在大廳中。走進房間，芷娟馬上指著我說：「你居然想單獨跟他去玩？你對得起顏倚桐嗎？」

「你這話是什麼意思嘛？顏倚桐是顏倚桐，我是我，我跟誰玩他也管不著！」芷娟的話使我大為光火。

「瞧你的火爆脾氣！人家是為你好才這樣說的呀？冰紈，聽我說，我覺得你和顏倚桐正是一對，這個老郭，比我們大十幾歲，我還聽說他已結過婚，你何苦跟他往來呢？」

「誰跟他往來嘛！你的聯想力真是太驚人了。」我還是悻悻然的。

有人在輕輕的敲門，我去把門打開，門外站著正是被芷娟討厭著的郭課長。

「咦！您還沒有去？」我驚訝地問。

「季小姐，請出來一下，關於你那本詩集，我有一些地方想請教。」他沒有回答我的問題。

「哦！不敢當，不敢當。」我一面謙遜著，一面就跟他走了出去。我沒有看芷娟一眼，因為我要向她報復。

「進我的房間裡坐一下好嗎？」郭課長禮貌地問。

「我看，您有什麼指示，就在這裡說也一樣。」我躊躇了一下說。

「也好，那麼請等一下。」

說著，他走進他的房間裡。我走到窗前站著，看到了初秋的眉月。夜很涼，很美，心裡有點後悔沒有到河上去。

他拿了兩本本子出來，我們對坐在一張辦公桌的兩面。

「季小姐，我一整天沒有出去，你猜我在做什麼，我在欣賞你的詩。我讀了一遍又一遍，如今幾乎都可以背出來了。你的詩纖巧、娟秀、清逸，就像你的人一樣。你猜我喜歡哪幾首，我最喜歡〈江邊即景〉、〈雙夜吟〉和〈夢中得句〉三首。你猜我最喜歡哪一句？『為憐小花無人寵，不惜朝朝灌溉勤。』我說呀！你真是菩薩心腸！」

平日木訥寡言的他，說話忽然像決了堤的海水，滔滔不絕。我聽他一連串的獨白著，又一口氣說了三次「你猜」，不禁笑了起來。

芷娟拿著毛巾肥皂從房間裡出來，木屐踢踢拖拖的弄得震天價響；我不理她，故意笑得大聲一點。

「你——你笑什麼？」郭課長被我笑得很不好意思。

「沒什麼。我這本破詩集您既然都已背得出來了，那麼，請還給我好嗎？」芷娟忽地又從浴室走出來，回到房間裡。當她再度出來時手裡拿了件衣服，還狠狠地瞪了我一眼。不知她是真的忘記了拿衣服，還是故意要監視我。

郭課長把詩集雙手交還給我，然後紅著臉說：「以後有新作請你一定要給我看啊！」說著，他又把另一本裝裱得相當漂亮的本子乃然雙手遞給我說：「這本是我的打油集，請李小姐多多指教。」

我嘴裡說著不敢當，也雙手接了過來。朱紅色的灑金箋封面上遒勁的筆跡寫著《摘星集》三個字，下款是郭慕漁。

「好帥的字體，好雅的名字！」我由衷的讚嘆著。名字我指的是集子的名字，而他竟誤會了。

「先父本來給我取了個很俗的名字叫泰來，這是我後來自己改的。」他有點得意地說。

「是嗎？」我說。

兩人沉默了一陣。我忽然起了要捉弄芷娟的念頭，我對正在不安地望著我的他說：「郭課長，您的大作我要等靜下來的時候再好好欣賞，現在，我們到河上去找黎科長他們好嗎？」

「這太好了！只是，朱小姐會不會生氣呢？」他對芷娟居然已畏懼起來。

「不要緊，她是小孩子脾氣，一會兒就沒事了。」

我把兩本詩集拿進房間裡收好，披了一件薄毛衣就走出來。長街上還是很熱鬧，夜市正達到了高潮。我們無心欣賞兩側的攤子，急急地穿過擁擠人群，走出市街，來到靜謐的江邊，才把腳步放慢。

娥眉月已升得很高，黝黑的灕江上閃爍著點點漁火，岸邊的草叢中有蟲聲唧唧。週遭很暗，我走得很慢，他不時伸出手想扶我一把，但又不敢。

我們走到我們慣常在那裡租船的碼頭上，那裡只停泊著一艘小艇，黎科長他們的大船早已不知駛到哪裡去了。

「請問你們有看見黎科長他們來租船嗎？」郭慕漁問小艇上的船家。

「有！有！但是早已開走了。我載你們去找好嗎？」船家說。

「你的意思怎樣？」郭慕漁轉頭望著我說。

「也好嘛！」我無可無不可的說。反正已出來了，到江上去享受清風明月也不是件壞事。

他攙扶我走下小艇，他的手在發抖，他的呼吸很急促。這使我不禁暗暗發笑，這樣緊張幹嘛？少自作多情啊！

小艇咿呀咿呀地在河上滑行著。江流有聲，夜涼如水，對岸筆立的石峰在黑夜中有點像幢幢魅影。我凝望著面前這一幅潑墨山水，靈感忽生，腦海中開始蘊釀出詩的片段；但是，一方面，我發現下了船一直未開過口的郭慕漁卻原來是在呆呆地看著我，於是，我惱怒了，我不喜歡人家這樣看我。

黎科長他們坐的大船蹤跡渺然，不知道是駛往下游去還是在另外一個碼頭登岸了，小艇划了十幾分鐘，還找不到他們。我不耐煩地說：「不要找了，回去吧！」

「夜色這樣美，我們再玩玩不好嗎？」郭慕漁柔聲地問。雖在黑夜中。我看得出他的眼色也一樣溫柔。

「不要！」我的聲音沒有半點感情。

他可能吃了一驚，當然他不會知道我為什麼突然變得不高興。他吩咐船家立刻划回去，又用顫抖的手扶我上了岸。離開黑漆漆的江邊，一進入大街，我立刻健步如飛，把他甩在後面。街上的夜市已是燈火闌珊了。

「龍潭虎穴」的大廳上坐著幾個夜遊歸來還沒有睡意的人——黎科長、眼鏡張和小侯，他們一看見我，都紛紛問我哪裡去了，看見郭課長沒有？我簡單地回答了他們，就走進房間。芷娟面壁躺著，動也不動，不知是真睡還是假睡。我也懶得理她，我真怕她那張沒遮攔的嘴。

＊　＊

奇怪！沒遮攔的嘴居然沉默了差不多一整天，原來芷娟竟因為我「擅自」和郭慕漁出去了一次而生氣得不理我了。不理我更好，正可以落得耳根清靜。今天，她跟著大夥兒在眼鏡張的房間裡玩紙牌，我卻對大夥兒推說有點頭痛，一直躲在房間裡讀郭慕漁的詩。

他的詩的確是意境高超，功力老到，難怪有「嘉興才子」之譽。我的和他一比，顯然是幼稚膚淺得多了，虧他還讚不絕口，他的稱讚到底是不是真心呢？我猛然一驚，許多男人不都是花言巧語地騙取女性的愛情嗎？我又想起了昨晚他呆呆地望著我的樣子，芷娟的話可能對了，他對我有意。不，我不要跟有這樣存心的男人來往，我還小，我還是個學生，等戰事結束還要回學校去的；我不要談戀愛，不論郭慕漁也好，顏倚桐也好，我都不要他們對我「有意」。

吃晚飯之前，芷娟回到房間裡，帶著一臉神秘的笑，望著我欲言又止。我故意不理她，只管低頭看書；後來，她到底忍不住，走過來推了我一把說：「死鬼！本來想一直不理你的，但是看見你可憐，又不得不告訴你。」

「誰要你理我？誰要你可憐？」我還是故意氣她。

「別這樣嘛！人家有正經話要說，有好消息！」她反而求起我來了。

「那你就說嘛！」

「喂！你得請客才行，顏倚桐明天要來了。」她眉飛色舞地說，彷彿是她的愛人要來似的。

「他來就來，關我什麼事？」我勃然大怒起來，這真是「一波未平，一波又起」。

「季冰紈，你到底是怎麼一回事嘛？這幾天，我對你所做的每一件事，所說的每一句話似乎全都不對勁，真是好心沒有好報！我問你，你這樣對待朋友對不對？」芷娟也生氣了，說到最後，她的聲音哽咽著，差一點就哭了起來。

這時，我也覺得自己未免太過份了一點，芷娟雖然好管閒事，但她倒是一片好心。我對她說：「芷娟，對不起！這幾天我的心情很不好，請你原諒我！」

「是不是為了老郭的事？昨天晚上你們到哪裡去了？」一有機會，芷娟就不放鬆的查根問底起來。

我像告訴黎科長他們一樣簡單地告訴了她，並且，把郭慕漁那本詩集用紙包好，叫她拿去還給郭慕漁之後，為了避免和郭慕漁見面和聽到他們談及顏倚桐要來的話，我請芷娟上街去吃小館子。

顏倚桐果然在第二天的午前從桂林坐公路車來到平樂，他是出公差來的。事前他並沒有寫信告訴我，見面後他解釋說是為了使我意外有的驚喜（天曉得！誰會驚喜？）。中午，黎科長在「龍潭虎穴」設宴為他洗塵；桂林那邊三兩天就有人來一次，每次，黎科長都藉口洗塵大吃一頓。在這裡，我們簡直是「五日一大宴，三日一小宴」，「前方吃緊，後方緊吃」，我們真應該慚愧啊！

在席上，顏倚桐被介紹給郭慕漁相識。郭慕漁可能聽大家說過我和顏倚桐「要好」的事，我發覺他一雙眼睛老是骨碌碌地從顏倚桐臉上溜到我臉上，又從我臉上溜到顏倚桐臉上。這使得我非常生氣，我裝著和顏倚桐很親熱，但對郭慕漁卻是看也不看一眼。

顏倚桐在平樂逗留了兩天，除了這一頓洗塵宴以外，其餘的幾頓，我和他都在外面吃，表面上是我要盡地主之誼招待他（其實大多數是他請我），實際上我是要避開郭慕漁，我受不了他那哀愁欲絕的目光。在我的計劃中，是要先踢開郭慕漁，然後再踢開顏倚桐；顏倚桐不在同一地方，鞭長莫及，我只要不回幾次信，他就會知難而退的。

儘管平樂只像一條手帕那樣大，沒有什麼可去的地方；也儘管我並不喜歡顏倚桐；但是，他在平樂的兩天裡，我竟和他寸步不離，大玩特玩。我們吃遍了所有的小館子，走遍了大街小巷每一個角落；而大部份的時間，我們在灕江上的小舟中渡過。

第三天上午，我如釋重負似的送走了顏倚桐。當我從車站走出來時，意外地看見郭慕漁愁眉苦臉地站在路旁，顯然地，他是在等我。

「李小姐，我們找個地方坐坐好嗎？」他迎上來說，本來就已蒼白的臉更加白得怕人。

真是倒楣活見鬼，才送走一個，又一個來惹麻煩，我把眼睛睜得大大的望著他，說不出話來。

「我有話要跟你說，我明天要走了。」他眼中露出了絕望的神色。

「為什麼？」我的眼睛睜得更大了。

「這就是我想要跟你說的話。」他到處張望著，在找坐的地方。

「我們到那邊去談。」我指著路旁一間廣東甜品店，那裡很清靜，更主要的是吃一碗甜品不會花很多時間。

「好吧！」他點點頭說。

收拾得很整潔的店裡就只有我們兩個人，我們對面坐下，要了兩碗綠豆沙。好奇心使我急不及待地先問他說：「郭課長，您為什麼要走？」

「唉！你還是這樣稱呼我，這多麼俗氣，多麼與你不相稱。不過，算了，反正這是我們最後一次談話。」他答非所問地說。

「為什麼嘛？」

「我覺得還是離去好。」

「到哪裡去？」

「回衡陽。」

「為什麼？」

「那邊需要人。」

「不怕危險嗎？局勢這麼緊。」

「怕什麼？人人都逃走，誰辦事呢？」

「可是你才調到這裡幾天呀！」

「沒有關係，那邊比這裡更需要人。」

我們這樣簡短而又重複地問答著，談話始終不著邊際。憑著女性的直覺，我知道他的離去和我有關，但他既然不說出口，我當然也假裝不知。

我們沉默了一陣，碗裡的綠豆沙已變得冰涼冰涼了。

「季小姐，我——我那本集子，你覺得怎麼樣？啊！我應該先問你有沒有看過？」郭慕漁先開了口，他似乎費了很大的勁才把這幾句話說出來。

「我拜讀過了，您寫得那麼好，我是個初學的人，怎敢批評呢？」這時，我覺得叫芷娟替我交還詩集真是太不禮貌的事了。

「真的嗎？」他的眼中閃過一道光芒，但旋又消失了。「我恐怕你只是敷衍敷衍我了吧？我知道我惹你討厭，可是，黎科長告訴我我們可以合得來的。」

「什麼？黎科長說什麼？」我大驚小怪地叫了起來。

「其實也沒有什麼。黎科長曾寫信告訴我關於你的事，他說我們志趣相投，可以交交朋友；他也告訴我你已有了顏倚桐，不過他又說，我和顏倚桐可以公平競爭，交個知心女友，對淪陷區中的太太也沒有什麼不對的地方，何況我和她並無感情？我抱著好奇心請調到這裡，第一眼看到你時，就覺得黎科長對你並非虛譽，你，清新、秀逸、樸素，正是我心目中最可愛的女孩子。然後，我又讀到你的詩，當然，我不能說你的詩已有什麼成就，但是，在你的年紀來說，卻是極為難得的。你的詩句，你的面容，使我夜夜失眠，可是我沒有勇氣跟你接近，向你表白。我知道你討厭我，我也知道自己不能和顏倚桐匹敵，他比我年輕，他長得好看；我聽朱小姐說你們快訂婚了，季小姐，我衷心的祝福你們。」郭慕漁說到這裡，喘了一口氣，又掏出手帕來擦了擦眼睛。我不敢看他，我不知道他是不是擦眼淚，而我的眼睛卻已濕潤起來了。

「季小姐，我要說的話已經說完了，讓我們在這裡說再見吧！」他隔著桌子，伸手和我相握，他的手軟綿綿的，像女人的手。

「黎科長今天晚上不替你餞行嗎？」我問。我本來想對他說「訂婚」的話完全是謠言，我目前還沒有談戀愛的興趣；但後來一想，我對他既然沒有愛意，又何必告訴他，讓他死了心離去不是更乾脆嗎？

「不，他不會那樣做的。我的離去到現在還沒有人知道，我要他替我保密，直到我離開為止。」

「那麼，郭課長，再見了，祝你一路平安。」我站起來說。

「希望在不久的將來我們能在南京再見，並吃到你的喜酒。」他緊緊的握了握我的手，又深深地看了我一眼，就大踏步離去。

我像個遊魂般茫然地在街頭走著，不知不覺地走到了江邊。望著澄碧的江水，我情不自禁地倚著一棵樹幹哭了起來。

我沒有再看到郭慕漁，那天晚上他沒有來和大家一起吃飯。不知道是否由於作賊心虛，當我接觸到黎科長的視線時，我發覺他慈祥的目光變得有點嚴峻，那裡面含著責備的意味。

第一天吃中飯時，黎科長向大家宣佈為了業務上的需要，郭課長又已調回衡陽去了。滿桌子的人聽了，都露出詫異的表情；但是，芷娟的表情是詫異中帶點高興，黎科長是傷感，而我呢？卻是無限的內疚。

過幾天，當大家坐在大廳上作辦公狀而又因無公可辦感到無聊時，忽然發現白髮蕭疏的黎科長中手拿著一張信紙哭起來。大夥兒慌忙圍攏過去要安慰他，他卻把大家推開，走回自己房間裡，把房門緊緊的關起來。

他看過的信丟在桌子上，眼鏡張走過去拿起來看，看到最後才大叫起來：「喂！不得了，郭課長死了。」

「什麼？」大家一起叫著。

「郭慕漁被炸死了，這是衡陽那邊一位同事寄來的信，說他是在回衡陽的路上，在火車上被敵機炸死的。唉！真可憐！真是才高命短！都是天意，也都是劫數，他為什麼要調來平樂？來了也就算了，為什麼一下子又要調回去呢？這不簡直是去送死嗎？唉！唉！亂世人民，命如螻蟻——」

眼鏡張老氣橫秋地自言自語大發議論，我沒有聽完就感到支持不住。我沒有流淚，但腦袋一下子彷彿變成真空的，一切思維，全都被凍結住。

長街上，依舊燈火熒熒，人影幢幢，我和芷娟像兩個幽靈似的，又在人叢中擠來擠去。也不知是人瘦了還是秋漸深，我覺得身上的藍布大褂竟是愈來愈寬大。

從長街的這一頭走到那一頭，又從那一頭走到這一頭，我們沒有說過一句話。走到第三遍時，我對芷娟說：「到江邊走走好嗎？」

她無言地點了點頭。

江邊似乎較平時熱鬧些，許多木船停泊在岸旁，不少的人在把行李一件件的往船上運。湘桂戰事告緊，平樂已非樂土，大家又在忙著疏散；今夜，是我們在平樂的最後一天，明天，我們也要隨機關往柳州方面撤退。

我們併坐在一塊石頭上，望著江上點點漁火，看著岸邊鬧哄哄的人，喉頭和胸口都像梗塞住什麼，難過得直想哭。

芷娟長久的沉默使我驚慌，我不知道什麼事情使得這隻百靈鳥忽然變成了三緘其口的金人。江風很勁，坐久了有點涼，我執著她的手說：「冷不冷？我們回去吧！」

她搖搖頭，忽然，哇的一聲哭起來了。接著，連哭帶說地爆發出一串話來：「冰紈，我對不起你，對不起郭課長，我為什麼要騙他你要和顏倚桐訂婚呢？噢！冰紈，我害怕，你說他的鬼魂會不會來向我索命？他聽了我的話時面色變得多難看，多蒼白，那副表情，我到死都忘不了！天呀！我為什麼這樣多嘴？這樣愛管閒事？假如我不說那句話，他又怎會去送死呢？冰紈，你能原諒我嗎？」

我摟著她的肩說：「傻孩子，這樣多心幹嘛？生死有命，這事怪得了誰？假如要怪誰的話，我覺得我才是不能辭其咎！」

「可是我還是不能原諒我自己的。」芷娟擦乾淚水，站了起來說：「我們回去吧！明天得起早哩！我恨平樂這鬼地方，我恨我們為什麼要來到這裡，要是沒有來這裡，不是一切都不會發生了嗎？」

我們又沿著長街回去，渡過在「龍潭虎穴」的最後一夜。經過那個水果攤時，我對芷娟說：「作最後一次品嚐如何？明天，『西出平樂無此味』了啊！」

我們買了幾個楊桃，用手帕擦乾淨，送到嘴裡去咬了一口，味道竟是酸澀的，和以往甜如蜜的滋味迥然不同。

偶一回頭，長街上的燈火已零落無幾。

（五十一年「創作」）

雨中愁

青鳥不傳雲外信
丁香空結雨中愁

——李中主

我最喜歡在雨中散步，這習慣是十三年前跟人傑學來的。大陸上的雨季是在春天，那些雨有著美麗的名字：黃梅雨和杏花雨，非常有詩意。那時，我們往往不穿雨衣，不帶雨傘，就冒著雨往郊外跑。我們踏著因被雨溼而變得柔軟有如地毯的泥路漫步著，一面談笑，一面欣賞路旁被雨滋潤得更加清新翠綠的田野景色。冰涼的雨絲輕柔地飄到我們的頭上和臉上，有著說不出的快意；每一次，總是直到滿頭滿臉和外衣都綴滿了晶瑩的水珠，身上微微感到了寒意時，才結束我們的雨中之遊。這種歡樂，我和人傑曾經一同渡過了一年多之久，如今，我雖獨自一人在臺，但仍然保持了這個習慣。因為，每一次雨中散步，我都可以浸潤在甜蜜的回憶裡；雖則，單獨的雨中散步已不再是歡樂而是愁苦，可是我還是甘願承受這份愁苦。

今天是我三十二歲的生日，一大清早，天色就有點陰沉，到了下午，果然飄起細雨來。

下了課，我不顧媽是否煮了壽麵在家等我，竟自放棄了每天擠公共汽車的習慣，在瀟疏的春雨中，我以極安祥的步伐，走向僻靜的街道，又作一次雨中散步。如果過生日一定要慶祝的話，那麼，這就是我自己祝壽的方式。

天已漸暗，我不敢到郊外去。在都市裡作雨中散步，情調固然遠不及到野外好，但我挑的是幽雅的住家小巷子走，也另有一番情趣。我欣賞那矮矮的圍牆內伸出來的粉紅色夾竹桃和大紅的聖誕花，這些姿色平常的花卉，經過一場春雨的沐浴，在灰色的背景中，是何等的鮮妍可愛呀！我也特別憐愛那路邊和牆頭的小草，這任人踐踏，自生自滅的卑微植物，在如油的春雨中，又是長得多麼青蔥而生機蓬勃！誰說沒有人會看你們一眼？這裡有一個寂寞的人要和你們做朋友哩！

為了要驅除胸中漸漸升起的哀愁，我佯裝歡笑，用一片無邪的童心和愛心去觀察週遭所見的一切；然而，我的努力卻是徒然，十一年來，我每一次的雨中散步都不曾歡樂過，這一次又何能例外？

走過的每一條巷子都很寂靜，我彳亍獨行的腳步聲使我心驚；在漫長的人生道路上，我不是也在踽踽獨行嗎？這些年來，雖然也有過幾個異性闖進我的生命中；可是，我始終是寂寞的，因為我的心早已交給了人傑，一個沒有心的人如何能快樂起來呢？

我不願再想那傷情的過去，但人傑的影子偏又在這時盤據了我的心頭。在人海中掙扎了這麼多年，我已經十分疲累了，此時此地，我多麼需要人傑那雙強壯的手臂來扶持我呀！現在，我的步履已不再安祥而變得十分緩滯，甚至有點蹣跚了。啊！人傑，你在哪裡？

我和人傑也是在雨中結識的。那時，我還是個梳著雙辮的少女，也是個剛上大學的學生。那年春季開學不久，一個細雨如絲的下午，我披著雨衣，夾著書本，從學校走回家裡。當我經過一條巷口時，冷不防從巷子裡急駛出一輛腳踏車，我來不及躲避，騎車的人也來不及煞車，我就被撞倒在泥濘的街道上。

我側倒在地上，手心和小腿都被擦傷，疼痛難當，心裡雖恨極那個魯莽的騎士，但卻沒有辦法爬起來和他理論。這個人看見闖了禍也連忙跳下車，一面扶我起來，一面幫我拾起散落在地上的書籍，同時嘴裡又不斷的說：「真對不起！小姐，你沒有受傷吧？」

「誰說沒有？你看，這些地方全擦破了。」我渾身污泥，狼狽不堪，就恨恨地把受傷的地方指給他看。

「那怎麼辦？我送你去醫院好不好？」那個看來還十分年輕的騎士很著急的搓著手說。

「不要，我要回家去。」我任性地說。

「那麼，小姐住在哪裡？我送你回去。」闖禍者還是一副慌張的模樣。

「不要，我自己回去。」我忍著痛邁了一步，馬上又「哎喲」一聲停了下來。

「你不能走的，我看還是叫一部三輪車吧！」並說著就喚來一部三輪車扶了我上去。

我把地址告訴了車夫，吩咐他踏快一點，我以為那個莽撞的傢夥已經去了，想不到當我到達家門要下車時，他卻從後面騎著車趕上來，搶著把車錢付了。

「你幹嘛還跟著我？」我毫無禮貌地質問著他。

「第一我得付車錢，第二我得向你的父母交代和道歉，我不能讓你這樣單獨回去呀！」他不但沒生氣，反而很誠懇地這樣對我說。

我本不想讓他進去，不巧這個時候媽剛好開門出來，看見我這副模樣就大驚小怪地過來盤問。

「這位是伯母吧？剛才是我不小心，把小姐撞倒了，我要送她去醫院，她不肯，所以我送她回來。我看她擦傷的地方得馬上塗紅藥水哩！」我還沒有回答媽，那個人卻搶先說話了。

媽看見他那種彬彬有禮，伶牙俐齒的樣子不但沒有怪責他，反而向他致謝起來。

「好了，你的任務達成了，可以去啦！」我不客氣開始向他下逐客令。

「筱白，你怎麼這樣不懂禮貌的？人家好心送你回來，你卻趕人家走。這位先生不要見怪，請進來喝杯茶吧！」媽一面嗔怪著我，一面堅邀那人進去，那人略一推辭，也就老老實實的跟著媽走，而且還大膽地回頭向我作了一個勝利的微笑。

這個魯莽而善良，誠懇而又風趣的年輕人就是人傑。那時爸尚在世，也出來和這位陌生人寒喧。我一面讓媽替我擦藥，一面禁不住側耳傾聽著他們的談話。當我知道了他的職業是記者時，不覺對他發生了一點好感，因為無冕皇帝這個榮銜一向是我所神往的。

那天他略坐片刻，再三向爸媽和我表示歉意後就匆匆走了。那一次，他顯然就給予爸媽以極良好的印象，他走了以後，兩位老人家對他都頗有好評。

第二天，人傑買了一包罐頭食物來，算是正式道歉。爸媽推辭不過，只好留他吃飯；吃過這頓飯後，他就變成了我家的朋友，以後就經常來坐，至於和我單獨外出，卻以那次的同看話劇開始。

在他之前，我不曾和別的青年異性外出過，所以，那天他拿了兩張話劇的贈券來，說要請我去看時，我頗感躊躇。後來，還是媽在一旁慫恿，我才懷著一顆忐忑的心答應了他。

在前往戲院的路上，在觀賞話劇的當中，我們極少交談，即使有，也是他照拂我的客套話。散場時已近十二點，公共汽車已收了班。他對我說：「太晚了，讓我送你回去吧！」說著，也不由得我推辭就叫來一部三輪車，攙我上去。

我從來沒有和一個男人坐得這樣接近過，因此，不禁因為過度緊張而微微發抖。他雖則是一本正經地正襟危坐，不敢過於靠近我，但由於行車時的顛簸，彼此的肩和臂，也不免會有相碰的時候。大概是他因此而察覺出我的顫抖吧？因為他突然這樣對我說：「你是不是覺得冷？

的確，夜很涼哩！」說完了，他不等我回答，就把所穿的上裝脫下來，披在我的身上。

為了要掩飾窘態，我只好假裝真的是怕冷。我說：「謝謝你，可是，你自己不冷麼？」

「我？我不要緊的。我已經使你受過一次小傷，難道還要你著一次涼嗎？」他說著，自己就笑了起來。

我覺得怪不好意思，輕輕笑了一下就不再說話。

沉默了一會，他忽然又說：「凌小姐，我覺得你有點怕我，是不是？」說話的時候，他側過頭來看著我。

「怕你？沒有呀！」我低著頭回答他，然後又細聲地像對自己說似的：「我為什麼要怕你呢？」

「沒有怕便好。因為我覺得我們已經認識了一個多月，但彼此間還是那麼陌生，友情一點也沒有進展，看樣子你是不願意和我做朋友。」

他說的當然是真心話，但在我當時的年紀，卻有著被冤枉的感覺。我心裡明明是有點歡喜他，他怎能當我不願意和他交友呢？我突然變得勇敢起來，我激動地對他說：「你太冤枉人了，假如我不願意和你做朋友，我為什麼要和你一同去看話劇？」

「那麼，你是願意和我做朋友了？筱白，我可以叫你的名字嗎？」他興高采烈地說，雖在黑暗中，我仍能察覺到他發亮的目光。

「當然可以，你比我大嘛！」

「那麼，你也別叫我萬先生，叫我人傑好了。筱白，這個星期日我們去遊春好不好？現在東郊的桃林正值盛開時節，讓我們帶了野餐到桃樹下盤桓一日如何？」

「要是爸爸媽媽答應我，我就去。」

「那當然，我怎能反對你做個孝順的女兒呢？」

故鄉的名勝和風景優美的所在多得很，不像臺北的到處擠滿人，因此，我們那次的遊桃林，比起現在上陽明山看櫻花，也有更多的情趣。那天，天氣晴朗，暖陽普照。郊原上一片春和景明。還未走到桃林，遠遠就望見一片無涯的嫣紅耀眼的花海，陣陣甜香，也隨著東風沁入鼻管。

「真美！真香！」我微閉著眼睛，深深地吸了一下花香，不覺由衷地讚嘆起來。

「最好的地方還沒到哩！來，我們快點去佔據，省得給別人捷足先登！」他說著，就拉起我的手，意思是要攙著我來跑，但是我掙脫了。

「那麼你跑得動嗎？」他沒有惱，反而很自然地這樣問我。

「為什麼我不能？」我反詰著。

於是，他開始跑步，我也緊跟在後面。我們沿著桃林右面一條小徑跑，到了桃林的盡頭，那裡原來有一條窄窄的清溪，溪邊有幾株垂柳，與桃花紅綠相映，美麗無比。溪水的對岸是一片密林，是人跡罕到的地方，所以這裡的溪邊，也闃無一人。

「還好還好，還沒有人來搶先。筱白，你一定跑得很累了，趕快坐下來休息吧！」人傑喘著氣，把手上提著的籃子放下，就往草地上一倒。

我也挑了一塊平滑的石頭面對溪水坐下。柳絲在我們的頭上垂拂著，桃花的甜香使人欲醉，溪水清洌，游魚可數；我心中不由得不感謝他帶我來到這個人間仙境。

「人傑，這仙境怎會給你發現的？」

「我也是無意中發現的。去年曾經和幾個同業來玩過，我為了好玩，要藏起來讓他們找，結果就躲到這裡來。當時，我還覺得這麼寧靜優美的地方最適宜於帶女朋友來玩，只可惜自己沒有；但是，現在終於帶了女朋友來了。」他俯臥在草上，雙托著下頷，一雙深湛的眼睛含情地看著我。

「我不是你的女朋友。」我因為害羞而撅起了嘴巴。

「哈哈！那麼你是我的男朋友。」他大笑起來。

「我不來了，你欺負我。」我真的有點生氣。

「好好好，不要氣了，我還是先來解決民生問題吧！」他跳了起來，打開藍子，把那塊帶來的桌布鋪在草地上，拿出裡面的食物，服務周到地替我沖好牛奶，塗好麵包，削好蘋果，一切替我做好，自己才開始吃。我在家裡雖是獨女，但爸媽素來不溺愛我，一向並沒有比別人家的兒女有過不同的待遇；如此的受人尊崇與服務，在我還是第一次。

我帶著不好意思的表情來接受他的慇懃，不免又是默默無言。他斜躺在草地上，依舊用深情的眼色看著我問：「怎麼樣？快樂嗎？」

我點點頭，羞澀地一笑。

「此情此景，使我想到一首歌，筱白，他猜是哪一首？」

「是不是〈春遊〉？」我自以為很聰明，不假思索就說。

「不對，那顯得太俗了。我想起的是黃自的〈本事〉，尤其是裡面有幾句，簡直是在描寫我們。」

「唔！是哪幾句呢？」

於是，他輕輕地唱出：「記得當時年紀小，我愛談天你愛笑，有一天併肩坐在桃樹下，風在林梢鳥在叫。……」他的男高音音色很清越，聽起來相當悅耳，但他唱了四句就停下來。

「唱下去嘛！」我說。

「你也來，我們一起唱。」

我本來就是個喜歡唱歌的人，因此，我沒有拒絕他。這首歌曲和詞都很美，我們唱了一遍又一遍，然後又唱其他的歌，這樣一直唱著，也不知唱了多久；突然，我覺得臉上冰冰涼涼的，一摸原來是細細的水珠，抬頭看四周，晴朗的天空不知從何時起變得陰霾密佈，而且已開始在下雨了。

「糟糕！下雨了。」我驚叫著。

「不要緊！春天的雨不會很大，何況雨中郊遊又是另一番情趣？不過，為了免得你受涼，我們還是回去吧！」他把東西收拾好，又戀戀不捨地向四周望了一眼說：「我真喜歡這個地方，今天我似乎覺得還未盡興，假如你願意的話，我們下星期日再來好不好？」

「再說吧！」我心裡實在很願意，但仍不肯確切答應他。

雨果然不大，只是像遊絲般在天空中飛舞著。我們緩緩地踏著被雨溼潤了的小徑步出桃林，走向公路。人傑身體壯健，對這一點點雨簡直是毫不在乎，他不但故意仰起臉來接受雨的洗禮，而且張開口讓雨水滴進他的嘴裡。

我在一旁笑他嘴饞，連雨水也要喝。他卻一本正經地說：「人是大地的兒女，而雨水是大地的甘露，我為什麼放著甘露不去喝呢？」

從這一次起，我已開始領略到雨中散步的樂趣；這以後，我們不但真的再去了一次桃林，而且兩天三天的總要碰面一次，到外面去走走。天氣良好的時候，我們固然玩得很快樂；下雨的時候，我們卻有更多的情趣。我對他不再陌生，也不再矯情；我們相處得極融洽，彼此也極為關懷體貼，我們的感情已超過一對兄妹和一般朋友，除了他還不曾對我說過「我愛你」以外，我們簡直已是一對戀人。

我相信他是愛我的，而我也愛著他，那麼，又何必把「愛」字掛在嘴邊呢？爸媽對人傑也早已以未來的東床快婿看待，他們雖則不說，但我知道他們在心理上已準備好等我畢業就為我們成婚。

在我那時的年紀，才不去想得那麼遠呢！有了一個知心體貼的英俊男友，這份幸福已夠我陶醉的了，結婚，成家，那是大人的事，我是一點興趣也沒有的。

在另一方面來說，人傑又是一個熱心而負責的好記者。在我們的戀愛期間，他從來都是以公事為先，私事為後，不曾因為談戀愛而耽誤過採訪與寫稿，所以，我們認識了很久之後，他的同事們都還不知道他已有了女朋友。他不但事業心重，而且野心也很大，他會向我表示他有一天一定要寫一篇驚動世界的特寫，以成為世界有名的記者。由於我也是羨慕記者生涯的人，對他的這一番雄心壯志，使得我對他除了戀愛之外更加上了崇拜的成份。

到了第二年的春末，我們的幸福日子開始蒙上了一層暗影，而我們雨中散步的次數也因此而銳減；因為赤色匪徒一手所燃起的烽火已由華北而漸漸蔓延到華中，草長鶯飛，風光美麗的江南已變得一片混亂，人們又得重渡逃亡的生活了。

爸的機關決定遷到臺灣，我和媽毫無疑問的必須同行。人傑在這些日子裡很少和我們見面，那時他跑的是要聞，在這個消息萬變的局面裡，他當然很忙，但我多麼關心他的行止問題呵！打了很多次電話給他，他都不在報館，最後一次找著了，他又忙於發稿，只簡單地說他們報館還未決到哪裡去。他還要我不要再打電話給他，事情決定了，他會抽空來看我。

還有兩天我們就要起程了，而他還沒有決定；到那時為止我們已有五六天沒有見面，一年多的戀愛，難道就這樣結束了嗎？幼稚的我，忍不住因為怨恨他無情而痛哭起來。

在我們起程的前夕，夜裡十點多的時候，他才匆匆趕來。一進門，他就對因替我擔憂而變得愁眉苦臉的爸媽說：「伯父，伯母，我多天不來，筱白對我一定會有所誤會，讓我帶她到外面走走，向她解釋解釋好不好？」

爸媽答應了他，吩咐他小心，並叫我早歸。我們兩人心中各懷芥蒂，默默無言地走了出去。外面下著簾纖細雨，街道又黑又靜，令人害怕；才走了幾步，他就伸手摟著我的腰，把我抱得緊緊的走。這是他從來不曾有過的舉動，我雖覺得有點害羞，但在這夜靜的街道上，這對我是一個如何安全的保障呵！他一直沒有說話，走到一處牆角時，突然停下步來，出其不意的就給我一個深情的吻。

我掙扎著要脫離他的懷抱，但他卻抱得更緊。

「筱白，我這個解釋是不是比千言萬語都要好？」他用鼻子輕輕擦著我的鬢髮說。

「你這壞東西，還不趕忙告訴我你什麼時候走？」第一次被男性吻著，我心中有著說不出來的複雜的滋味，不過，我還沒有忘記最要緊的一件事。

他忽然放開了我，在黑暗中我看見他垂著頭，似乎是不勝痛楚的樣子。「筱白，我們怕要分開一個時期。報社要撤退到廣州去，而我是留守的，我要等到軍隊走才走。」

「不，人傑，你辭職好了，我要你和我們一同到臺灣去，我不要你幹這危險的工作。」我幾乎是尖叫起來。

他用手掩著我的口，警告我不要大聲叫，一面又再摟著我的腰，領我往回頭的路走。路面是溼漉漉的，街燈很昏暗，路非常難走，我簡直是整個人都靠他攙扶著才走得動。無論是在人生的路程上或是將來流亡的路途上，我是多麼需要他那雙強壯的手臂呵！而他竟要離我而去！

「人傑，怎麼啦？你答應我呀！」看見他不作聲，我又哀求著。

「不，我不能這樣做，臨危退守，怕死貪生，這不是大丈夫的所為，筱白，請你原諒我。」

「報社裡那麼多人，為什麼偏要你留守？是你自願的還是被派的？」我對他的動機忽地覺得懷疑起來。

「是我自願的。第一因為我沒有家室之累，第二我的確也想趁這機會完成我的宿願，寫一篇不平凡的特寫。」

「哼！這就證明了你並不愛我，我在你心目中是微不足道的，還是你的工作要緊。」我的聲音顫抖著，淚水也跟著奪眶而出。

「筱白，這是我們最後一次的散步，又碰到下雨，這是很好的預兆，讓我們不要吵，好好的享受它好不好？」他又吻著我的面頰。

「算了，用不著假情假意了。我相信，在這個兵荒馬亂的環境中，是絕對沒有人甘願和自己的愛人分開的，除非他並不愛她。」

「可是，我這是迫不得已呀！我又不是說我們就此永遠分手，我到了廣州以後，還不是一樣可以來臺灣嗎？」

「以後，以後，誰曉得以後的日子將會變得什麼樣子？」我喃喃著說。時局的混亂，人傑的倔強，加上夜雨的蕭颯以及昏暗無人的街道，使得我心內充滿了怨哀、憤懣與憂傷。

「筱白，我們相交這些日子，難道你還不相信我？」他竟誤會了我的意思。

「好了，我想我們不必談下去了，你還是送我回去吧，省得爸媽在家裡耽掛。」我不耐煩地這樣說。我對他已感到失望，所以不願跟他多加解釋。

我們又像剛才出來時那樣的默默走回去。到了我家，他進來跟爸媽略談片刻才走，我卻躲進我的被窩中去啜泣。

他本來說過來送行的，但是，我上船以後在船欄旁邊等候了一個多鐘頭，等得望眼欲穿，肝腸欲斷卻不見他來。這時，我竟堅強得沒有流半滴眼淚，我對他已完全失望，咬牙切齒地認定他是個薄情的人。

然後，當船旁的踏板已經抽開，汽笛長鳴，船身開動，我正淒然地對著自己的故鄉留下戀戀的一瞥時，我看見人傑從碼頭的那邊狂奔過來，他向我揮著手，張著口，不知道在說什麼。而我呢？對他的怨恨頓時化為烏有，一邊流著淚，一邊對他裝出一個慘然的微笑；想揮手向他示意，我的手卻是無力地垂下來。

這船旁的無聲的話別就是我和人傑最後的一次會面，距今足足十一年，當日的情景還是清晰無比。十一年來，除了剛到臺灣時收過他幾封從故鄉發出的信外，就不曾得過任何信息。他很可能在還沒有到廣州去以前就已殉職，因為他所服務的報社沒有遷來臺灣，我們也無從去查問。

儘管從情理上去推測人傑很可能已不在人間，但我卻始終不相信他已死。熱情、活潑、聰明而倔強的年輕人會這樣就逝去嗎？不，我不相信。十一年來他都沒有逃出來，會不會是在從事敵後工作呢？他一向有著雄心大略，這豈不正是他施展抱負的良機嗎？

我懷著悲愴落寞的心情以及極其堅強的信念在臺灣完成了我的大學階段。由於自己選讀的是教育系，畢業後我所找到的職業是教書匠而不是記者，雖說是事與願違，但我卻能安份守己的站在自己的崗位上直到如今，也可能直到我生命的末日。

最不幸的是，爸在七年前就因病去世了，在臺灣舉目無親，就剩下媽和我相依為命。亦這種情況下，我加倍的想念人傑，媽卻開始為我的終身大事焦急，她認為人傑即使未死，也不知何年何月才能見面，我年紀不小，不能再等下去了。起初，我很討厭媽的嘮叨，後來又覺得她怪可憐的，老境寂寞，上了年紀的人，當然是急於抱外孫的囉！

這些年來，也有過幾個男同學及男同事向我作過感情上的進軍；為了安慰媽，我也曾和這些人略略周旋，但結果我總是覺得和他們格格不入，而一個個的又予以擊退。「曾經滄海難為水，除卻巫山不是雲。」在這個世界上，再沒有一個人能像人傑那樣令我傾心的了。

到了最近幾年，媽簡直是為我的婚事而操心得鬢髮如霜；我自己也知道，已經有人在背後叫我老小姐了。不久以前，朋友給我介紹一個中年喪偶的醫生，人很老實，事業也有了相當基礎；但不知怎的，我和他就是談不來，兩人對坐，往往相對無言，這樣一個不知情識趣的人，又如何可以托終身呢？我不願奢言要一輩子等候人傑，然而事實上他已佔據了我的整個心，今後我這一顆心是再也無法奉獻給別人的。

夜漸深，雨漸濃，雨絲密密麻麻的打在臉上，使我感到涼透心脾；我已走了很多路，雙足開始酸痛，是該回家的時候了。

媽守坐在客廳裡，臉色不大好看，一定是怪我回來得太遲。

「媽，下課後學校裡還有點事要辦，所以回來晚了，您吃過飯沒有？」我趕上前去陪著笑說。

「我下好了一鍋麵等著你們回來吃，現在都爛成糊了。你總是認為學校的事最要緊，媽的話就不愛聽。」媽嘟囔著，眼睛也不看我一下。

「等我們？你說誰呀？」

「范醫生和你，難道你沒去請他？」媽睜大了眼睛。

「小生日，何必去驚動人家呢？」

「人家？你還把他當外人？筱白，你也不想想，你今年幾歲了？就算你不為自己設想，也得為媽設想呀！」媽又要發牢騷了，我受不住，真想立刻逃出去。

「媽，請你不要再說了好不好？我今天沒有去找范醫生，以後也不會再去找他；我已經夠大了，這些事我想用不著媽再操心的。」我橫著心，很無禮地向媽頂撞著，若不是這樣，她會囉嗦一兩個鐘頭。

我站到窗前，推開窗門，像遊絲般的細雨立刻飄到我的頭上和臉上。一接觸到雨點，我的心頭又燃起了一星的希望，這是維繫我和人傑兩人的靈魂的雨，現在我在雨中想念著他，誰知道他是不是也在天涯海角的任何一方想念著我呢？

雨絲繼續飄著，我凝望著那深黑無底的夜空，淚水忍不住又一次的流了出來，它和臉上的雨水溶合著，再也分不出是淚是雨。

（四十九年「自由談」）

崖上的花朵

我才走出門口，就看見唐小龍站在石階底下等著我。

我蹦跳著走下去，到了他的面前。他的大眼睛睜得圓圓的，看著我說：「葉田田，你今天穿了新衣服，好漂亮！」

「今天是我八歲的生日，媽媽特地做給我穿的。」我拉起裙子，轉了一圈，得意洋洋地說。

「呀！裙子上還有兩隻大白鴨，多好玩！」唐小龍蹲下來，仔細地端詳我的裙子。

「哈哈！傻瓜！這不是鴨子，是天鵝！」我笑了。我這件衣服是媽媽用她的舊旗袍改成的，媽媽嫌這裡鄉下的土布太蹩腳，我穿的衣服一直都是利用她的衣服改製。我今天穿的這件新衣，是軟軟的天藍色綢子料子，裙腳繡著兩隻雪白的天鵝，像浮在籃天上，也像遊行在靜靜的湖水中。

「什麼叫天鵝？」唐小龍站了起來，迷惑地看著我。

「我們走吧！快要遲到了。」我拉著他的手。「天鵝就是——哦！媽媽說天鵝是會飛的。

是一種很美麗的大鳥。」

「你看見過天鵝沒有？」

「真的天鵝我沒有看過，在圖畫書上倒看過很多。」

「你有很多圖畫書喔？」

「嗯！不很多，我們是逃難來的，媽媽說不能帶太多的書。」我看了看他又問：「唐小龍，你家裡有圖畫沒有？」

「沒有。」他低著頭說。

「你以後可以到我家裡來，我借給你看。」

「不，我不敢到你家裡去，你的爸爸媽媽會趕我出來的。」他望著自己身上的一襲補綴過的粗布短衫褲和一雙沾滿污泥的光腳，黧黑的臉微微現出紅暈。

「不會的，我爸爸媽媽不是壞人，他們不會這樣做的。」我著急地說。

「但是，我爹吩咐過我，不准到同學家裡去玩。」

「唐小龍，你有新衣服嗎？」

「沒有。怎麼啦？」他轉過頭來看著我，眼睛又睜得圓圓的。

「沒什麼。這樣好了，你不敢來，我每天把圖畫書帶出來借給你看看好不好？」

「葉田田，你真好！」他開心地笑了，露出了一口整齊雪白的牙齒。

往學校的路上，一邊是長滿了灌木的山崖，一邊是條清澈的小溪。崖邊、溪畔都有很多小小的野花，紅的，黃的，紫的，白的，遠遠看去，就像鋪了一片彩色的地毯。我最喜歡花，每天上學放學，總要採一大把野花，把它們編成花環，戴在頭上；或者，帶回家，插在玻璃瓶裡。

今天，天氣很暖和，花兒也似乎開得特別燦爛。我又一路上採著花，簡直忘記了上學這回事。

「葉田田，走吧！要遲到啦！」唐小龍在一旁催促著我。

「好的，這是最後一朵。」我小心地擷取了一小叢星狀的小白花，然後站直身子。

就在我站起來偶一抬頭的時候，我發現崖上有一朵很獨特的大花。顏色是雪白的，就像我裙子上的白鵝一樣，它只有幾瓣，花瓣很厚，有點像蠟做的；花蕊是黃色的，幾根花鬚伸展在外露出鮮紅的幾點。這朵花亭亭地立在山崖上，在晨風中顫抖，它的超塵絕俗的風姿，使得我手中的花束立刻黯然失色了。

「唐小龍，看！一朵美麗的花！」我拉著唐小龍的手，指給他看。

「看到了，我們走吧！」他向崖上瞥了一眼，無動於衷。男孩子到底和女孩子不同，我們喜歡的東西他們不一定喜歡。

高懸天上的太陽使我意識到時間的確已經不早，我戀戀地又看了那朵花一眼，才又牽著唐小龍的手，用奔跑的步伐，趕到學校去。

我們果然遲到了。老師盯著我手中的花束笑了笑，沒有處罰我們。我一直無法忘懷那朵美麗的花。在上課時，我幻想那朵花已被摘下來，插在我床頭的玻璃瓶裡。下課時，我在校園裡東闖西竄，希望在那一棵樹或那一叢草中能發現一朵相同的花。

中午，唐小龍和我一起在玩滑梯。像我們這樣大的孩子，已不高興坐著滑下去了，我們都是站著滑的，嗖的一聲，像支箭般，不到一秒鐘就滑了下去，真舒服！真痛快！雖然有一次我因此而摔了一跤，我還是不怕。

唐小龍更有一下絕招，他不只能站著滑，還能站著走上滑梯來。

「唐小龍，你真行！」我翹著大姆指誇獎他。

「當然哪！我是爬山爬樹專家！從五六歲起我就一天到晚的爬山爬樹了。」他有點自負地，站在滑梯頂上，雙手插腰的說。

「那麼……」我眼珠子一轉，又想到了那朵崖上的奇花。

「那麼什麼？」他嗖的一聲又滑了下來。

「沒什麼。唐小龍，我忘記告訴你一件事。今天是我的生日，媽媽送我這件新衣服，你猜爸爸送我什麼？」我側著頭，故意逗他。

「我不知道。」

「你猜嘛！」

「我真的不會猜，我不知道你們城裡人的事情。像我們鄉下人，生日吃一碗麵就算了。」

「那我告訴你，是一個布娃娃，是爸爸特地託人從重慶買來的。」

「布娃娃？是怎樣的東西？」

「哈！你連布娃娃都不知道是什麼東西，真是土包子！」

「我本來就是土包子嘛！誰叫你跟我玩？」他嘟著嘴，轉身跑開了。

「唐小龍，不要生氣！我請你到我家裡去玩布娃娃。」我追上去，拉住他。

「不要！」他摔開了我。

「不要就不要，誰稀罕你？」我也生氣了。我不再理他，走去跟女同學們玩踢毽子。一個下午我都在生氣，我不理他，他也不理我。

放學回家的時候，我孤獨地走回去。想起了唐小龍竟然這樣可惡，為了一點小事就不理我，甚至不和我一起走回家，我傷心得落下淚來。崖畔溪邊如錦的野花依然是灼灼耀眼，但已引不起我的興趣了。

可是，我並沒有忘記崖上那朵奇異的大白花，我一想起了它，就忘記了唐小龍。我奔跑著走到那裡，很擔心它被人摘去。還好，它還好好地植在那裡，驕傲地昂著頭，彷彿在說：「頑皮的孩子們，別想來採我啊！我是與眾不同的！」

我仰頭凝望著它，它的位置和路面的距離比一間平房的屋頂還要高，山崖又是那麼陡；雖然壁上長著很多小灌木可以攀援，但我是絕對爬不上去的。除非……，可恨的唐小龍，他居然不理我了。

我又哭了，我悽慘地望了那朵大白花一眼，踏著遲滯的步履走回家。

「葉田田！葉田田！」

是他，是唐小龍在叫我。我假裝沒有聽見，一直往前走。他氣喘喘地追了上來，拉著我的手。

「葉田田，你看，這是我送給你的生日禮物！」他說。我轉過頭去一看，他手裡拿著個小玻璃瓶。

「你看，這是我所搜集的金龜子，剛才我又到校園裡去捉了幾隻，現在通通送給你。」他把玻璃瓶子放在我的手中。

搜集金龜子是我們的遊戲之一，每一個孩子都有一瓶，大家常常拿出來比賽，誰的金龜子最多最好看。唐小龍的這一瓶金龜子真的很不錯，紅的、綠的、黃的、橘子色的都有，密密的裝了一瓶，彩光閃閃，非常美麗。

我拿起瓶子看了一眼就還給他。「我不要！」

「為什麼？你不喜歡它？那麼我撲兩隻大蝴蝶給你？」

「也不要！」我撇著嘴，扭了扭身子。

「那麼——我採好多好多花，編個大花環送給你好不好？」

「我不要！」我大聲地叫著。提起了花，我又難過起來。

「葉田田，你到底要什麼嘛！你告訴我好不好？」他好像快要哭出來了。不斷地搖撼著我的手，一張黧黑的小臉脹得通紅。

「我要——那朵花。」我實在不能再忍耐了，用手猛的向已經離開我們一段路的崖上一指。說完了轉身就跑，也不管他是否答應。

「好的，請你在家等著，我一定要把花採下來。」唐小龍在我身後叫著，他的聲音聽來很搖遠，因為他也已轉身向後跑了。

「葉田田，再見！」我走了幾步，又聽見他這樣叫著。

「唐小龍，再見！」我也大聲應著，然後又加了一句：「你快點來啊！」

在空曠無人的山邊，我們的呼喚聲迴蕩著，久久不息，直到如今，我彷彿還能聽見。我永遠沒有得到那朵花，也永遠沒有再見到唐小龍；儘管我在那天夜裡如何焦急的盼望，如何的抱著布娃娃哭泣了一整晚，但已無法挽回一切。

第二天我去上學，經過崖邊時，發現花是不見了，那附近的幾株灌木，有折斷的痕跡。在我幼小的心靈中，立刻蒙上了一層陰影。

學校裡，也沒有唐小龍的影子。上課後，老師用沉重的聲音對我們說：「小朋友們！我要告訴你們一個不幸的消息，我們班上功課最好的唐小龍在昨天晚上從山崖上掉下來死了，他的手上拿著一朵花。小朋友們，爬山爬樹都是危險的事，假如唐小龍不去爬崖，他就不會這樣慘死，希望你們大家要記取這個慘痛的教訓。」

說完，老師哭了，同學們也哭了。我相信我的哭聲最響，但是哭有什麼用呢？淚水並不能洗去我良心上的不安啊！

這是很多很多年前的事了，逃難寄居了大半年的山村景色已漸漸從我的腦海中模糊下去；然而，崖上那朵亭亭玉立的大白花，還有唐小龍那雙圓圓的大眼卻是依然鮮明地鐫在我的心版上，從那年起，我就不曾再過過一次快樂的生日。

（五〇年「聯合副刊」）

橋畔

太陽已快曬到床口，她還賴在床上不肯起來，這真是少有的一件怪事。平常在這個時候，她早已打扮整齊，準備帶兒子去看早場電影了。今天，她只是懶洋洋地躺著，動也不動的，一雙手托著後腦，眼睛直瞪著天花板出神。

她的枕畔放著一張信紙，稚嫩的字跡這樣寫著：

「媽媽：明天我要跟隨學校到獅頭山去作春季旅行，所以不能來陪您了，真對不起！其實，我倒是很想跟您去看《父親離家時》這部電影的，現在只好等到二輪戲院放映時才去看了。月考已考完，我自信成績還不錯，您相信嗎？明天要早起，不多寫了，下星期日再見！祝安康　爸爸叫我替他問候您　兒小松敬上」

兒子不能來，這是她不願起床的原因。起來做什麼呢？到哪裡去好呢？一個人看電影多沒意思啊！我才不要去！可是待在家裡又怎樣打發光陰呢？看小說？聽收音機？這正是她每天公餘唯一的消遣，天天看，天天聽，早已厭膩了，難道禮拜天還要這樣過？不，不，還是睡覺吧！

她把眼睛閉起來，想要再睡，然而，偌大的太陽照著她的眼皮，又叫她怎麼睡得著呢？她嘆著氣，轉了個身，把臉朝向牆壁，使性的用棉被蒙著頭。

就在這個時候，她聽見房東太太敲著她的房門，一面在喊著：「范先生，起來了沒有？有客人來了。」

「哦！謝謝您，老太太，我就來了。」她這樣應著，立刻就從床上跳起來。同時，心理不禁懷疑著：到底是誰來了呢？自從和志松分居，搬到這裡來住以後，差不多就沒有過人來找她了。

匆匆梳洗完畢，換上旗袍，就走到客廳去。她看見坐在沙發上蹺著腿。拿著一份報紙在等著她的，原來是她公司裡面的同事小陳。

「范小姐，早，我沒有把你吵醒吧？」小陳看見她出來，馬上站起身來，恭恭敬敬地向她招呼。

「陳先生早，找我有什麼事嗎？」這個意外的客人顯然並不怎麼受到主人的歡迎，她的聲調是十分冷淡的。

「沒有事，沒有事，只是來看看你罷了。」小陳還是滿臉堆著笑。她沒有辦法，只好坐下，因為沒有話說，就隨手撿起一張報紙來看。

「范小姐，新生戲院上映的那齣FF你看過沒有？我請你去看好不好？」小陳看見她在看報，立刻乘這個機會把來意說明。

既寂寞而又無聊的她，按說有個人陪著去看一場風趣喜鬧的電影，應該是正合心意的事；而且，小陳這個人，雖稍稍輕浮了一些，倒不失為一個有趣的青年。然而，她知道社會上的人對一個離婚（分居也不例外）婦人的看法如何，為了避免他人誤會她是有了男友才和丈夫鬧意見，也為了避免小陳自作多情，她對他是絕對不能稍假辭色的呵！

「對不起，我等下還有事情，你自己去看吧！」她冷冷地回答他。

「范小姐，不，讓我叫你大姐！大姐，你太掃興了。你知道不知道？我每個禮拜都來找你，你卻是每次都不在，今天好不容易找到你，你又說有事，禮拜天有什麼事呢？不要管那麼多，我們出去玩一天不好嗎？」小陳激動地說著，眼光裡還帶祈求的神色。

「什麼？你每個禮拜都來？為什麼我全不知道？」她震驚地叫起來。

「是我要房東太太不要告訴你的。」

「那又是為了什麼？」

「既然你不在，說又有什麼用呢？」小陳的聲調有點憂傷。

從小陳的眼中，她已知道了他的心思。一樁煩惱已在開始發生，她非得用快刀斬亂麻的手法來立刻解決不可。可喜她已是個靠近中年的女性，是有著足夠的理智來應付這些小夥子的。

「陳先生，太對不起了，害你空跑了那麼多次。不過，我想你以後也就不必麻煩，我每星期日都要帶兒子出去。你是不會碰到我的。現在，我又得準備出去了，再見。」她站起來，禮貌而又一本正經地把這番說完，就走到門口去，預備送客。

小陳心裡雖然也有點生氣，但也奈何不得，只好滿面帶著尷尬的笑容，快快離去。把大門一關，她有了如釋重負的感覺，但一種莫名的惆悵，立刻又佔據了她的心頭。在這個社會中，一個女人的一言一動真的得如此慎重嗎？唉！難道我又真的得這樣寂寞下去嗎？

她回到房間裡，和衣倒在床上，心裡有著說不出的煩惱。窗外陽光耀眼，溫煦的空氣中夾雜著花香；她癡癡地望著窗外那一角藍得透明的天空，這正是那種使人無法待在家裡的天氣，既然睡不著，不如索性出去走走吧！她看了看腕錶，都快十一點了，一個上午沒有吃過半點東西肚子也有些餓了，乾脆獨個兒上館子去吧！

她起床加意化妝了一番，挑了一件米黃色的春裝穿上；其實她並不在乎自己打扮漂亮，但她的新裝總沒有機會穿，此時不穿留著做甚麼呢？

搭公共汽車到了西門町，選了一家她的家鄉館子，叫了兩個價錢相當貴，平日捨不得吃的小菜，準備獨自享受享受；可是，不知怎的，菜端上來，她又全無胃口，勉強塞也塞不進去。

鄰座有幾個男人，不斷地用好奇，甚至帶點輕薄的眼光來看著她，又不時互相竊竊私語。她很氣憤這個社會對單身女性的刻薄無情，一方面又忍受不住那種可怕的眼光，終於，她撇下兩盤只動了幾口的好菜走了。

走出館子，她茫然站在行人道上，不知何去何從。偶然，她望見馬路對過那家美容院門口轉動著三色燈筒，她想，我何不去做做頭髮呢？我雖然並不需要漂亮，但這是殺時間的好辦法呀！

在美容院中消磨了兩個小時，當她頂著一頭做得硬板板的頭髮從美容院出來時，已是下午兩點多了。一個人去擠電影院她不願意，不如去看看朋友吧！她在台無親無故，就只有兩個中學時代的同學，先去看秀玲吧！她住得比較近一點，而且也不一定在家；瑞文是難得出去的，晚一點去看看她也不致撲空。

秀玲住在高貴的住宅區中，自用三輪車停在門口，她知道她沒有出去，正自十分高興；可是，當她走進客廳時，她的高興立刻就化為烏有了。

秀玲和另外三個打扮時髦的太太，正在作方城之戲，看見她進來，就嚷：「韻真，你今天怎麼這樣漂亮呀？喂！你坐一下，我打完這圈就來。」

她本來想馬上走的，但秀玲卻不答應，一定要她等。她站在秀玲的背後看了一會，看不懂，只好無聊地坐到一旁去翻閱電影雜誌。半個鐘頭快過了，秀玲仍然沒有離開牌桌來陪她，她很氣，提了皮包站起來就去向秀玲告辭。

「韻真，對不起呵！你今天來得太不湊巧了，什麼時候我再去找你吧！」秀玲一面洗牌一面說，她竟連挽留的話都忘記說了。

「不必客氣了，等你不打牌時我再來好了。」她的語氣帶點諷刺，但秀玲並沒有聽懂。本來是忍著滿肚子悶氣的她，一到了瑞文家裡就全都消光了。瑞文果然全家沒有出去，在院子裡，瑞文的先生和兩個兒子都拿著釘鎚鋸子什麼的在敲敲打打，幹著木工，嘴裡還哼著歌；瑞文繫著圍裙，雙手糊滿麵粉從廚房跑出來迎客，跟在她身後的小女兒也完全學著她的模樣。

「喲！韻真，你今天好美呵！快點進來坐吧！」老遠地，瑞文就大聲叫了起來。

「你們一家子都在忙些什麼呀？」她被這一家的快樂氣氛所感染，也展開了笑容。

「他們爺兒三個在造狗屋，隔壁人家送了我們一條小狗，孩子們高興極了。我們母女倆正在包餃子，你來得正好，等會兒來嚐嚐我的餃子吧！」瑞文笑嘻嘻地說。

「我來幫你包。」

「不用了，回頭把你的漂亮旗袍弄髒才糟糕哩！」

「不會的，你忘記了包餃子還是我教你的嗎？我包得比你好呵！」

兩個人在廚房中一面包著餃子，一面閒聊著，她感覺到，這樣和老同學相聚，真不知比剛才秀玲那個樣子親切了幾萬倍。

「韻真，你和志松到底怎樣啦？快半年了，應該破鏡重圓了吧？」談完了她的孩子們以後，瑞文忍不住就提出了這個問題。

「不可能了，分開愈久，感情愈淡泊，我正想向他提出正式離婚哩！」她搖搖頭，淡淡地說。

「韻真，我勸你將就一點吧！一切得為了小松著想呵！」

「將就？我為什麼要將就他？至於小松，再兩三年就變成大人，也就不需要媽媽了。」她說到這裡用手背擦了擦眼睛，因為她眼睛已濕潤了。

「其實，你們兩人之間並沒有什麼過不去的事，這樣也未免小題大做了。」瑞文嘆息著說。

「瑞文，你有個好的丈夫，你兩人從來沒有鬧過不愉快的事，你怎會明白我的痛苦？我問你，假如你的成平跟酒家女戲子鬼混，你氣不氣？」說到這裡，她已經平復了心情又再激動起來。

「那我也得看情形，你應該原諒志松，他是為了工作才跟這些人接觸的呀！而且，鬼混這兩個字，也有程度之分；我問你，志松有沒有整夜不歸的？」

「他何必整夜不歸呢？每夜玩到十二點一點還不夠嗎？還有，一天到晚滿口袋都是那些賤女人們的照片，你說我氣不氣？」

「他身為導演，這是免不了會有的事呀！」

「誰叫他去當什麼鬼導演的？放著報館編輯的工作不做，你看他活該不活該？這半年來我還沒看見過一部他導演的電影的廣告登出來呢！」

「中國的電影事業本來就是困難的呀！」瑞文說到這裡，突然又好像發現了什麼似的笑了起來：「韻真，你還不是挺關心他的呀！你在留意報上的廣告。」

「去你的，誰關心他？不過這樣說說罷了！」她輕輕地打了瑞文一下。

餃子放在鍋子中煮著，廚房中熱氣騰騰。成平父子三人造好了狗屋，滿頭大汗的跑進來問餃子好了沒有。她看見他們一家的和樂情形不覺想起了小松，也想起了自己的形單影隻。吃了兩隻才盛起的餃子後，她推說晚上有同事請吃飯，堅決拒絕了瑞文夫婦的挽留，又悃然地把自己投進了街上不認識的人群中。

這是仲春的下午，天空已開始有幾片淡淡的紅霞。暖暖的春風吹拂她的臉，她猛然想起有一個地方可以去，那個地方雖然可能會使她傷心，但是，無論如何，那兒總是可愛的。

她搭上回家（呵！不，那只是小松和他爸爸的家）的公共汽車，閉著眼睛昏昏沉沉地坐著，一直到了倒數第二個站，才睜開了眼睛。她下意識地望了望那個她以前經常在這裡等車的車站，希望能看到小松在那裡，但那是不可能的，小松到獅頭山旅行去了，沒有這麼早回來。

車子再度開動，兩分鐘後，就到了終站。她踉踉地走下車，一陣郊野的清風吹醒了她昏沉的腦袋，她聞到了河水和青草的氣息，心中不覺微微感到一點暢快。她用近乎奔跑的碎步，急急走過一個草坡，走到一座木橋上面，就憑欄站著。初春的溪水在橋底下潺潺流過，橋邊有兩株矮矮的楊柳樹，都已抽出嫩綠的葉芽了。

這是她和志松經常在晚飯後散步盤桓的地方。他們在這個地方住了六年，也等於在這個橋邊渡過了二千個黃昏；這裡的一草一木，對她是何等的稔熟呵！大自然的一切都沒有變，春去秋來，歲月流轉，年年一樣；可是人呵！人世間的變幻又知多少呢？

她伏在橋欄上，默默地注視著橋下的倒影。溪水很清，流得很緩慢，藍天、白雲、紅霞和綠樹都清晰地倒映在水中。還有她自己，這個橋上孤獨的人影，也在流水中浮蕩著。我連這兩株楊柳都不如，它們是雙雙對對的，我卻是形影孤單的呵！她輕輕慨嘆著，一顆晶瑩的淚珠不知在什麼時候從眼角掉下，又無聲地掉到水中不見了。

她這樣站著，站著，也不知站了多久。偶然，她發然自己臨流的影子變成了雙影，她揉揉眼睛再著，不錯，是兩個人影，而另外那個影子又比自己高大得多了。噢！不得了，在這種郊野地方，不會是碰到輕薄兒吧？天色將暗了，一個單身女人還是不要冒險的好。她略略回眸，果然發現有個男人站在自己旁邊，她嚇了一跳，不敢再看一眼，轉身拔步就走。

但是，這個時候，從她身後卻發出這一聲親切的呼喚：「韻真！」這是志松的聲音，難道那個人就是他？他怎會也跑到這裡來呢？她回過頭來，張口結舌地看著那個高大壯健站在橋上正笑盈盈地望著自己的男人，不正是她曾經愛過而又恨過的志松嗎？

「韻真，為什麼這樣看著我？你不認得我了嗎？」他笑得很瀟灑。

「你怎麼會來的？」她結結巴巴地問，一面說著，一面很自然的就走上橋去，兩人又再憑攔併立著。

「我站在你身邊半天了，你卻一點也不知道，你在想些什麼呢？」他的聲音十分溫和，聽來正像他當年向她求愛的音調一樣。

「你跟著我來的？」她對他卻懷著警戒。

「跟你？那怎麼會？我常常來這裡散步的，我們以前還不是常常來？今天小松不在，我一個人在家怪無聊的，天氣又這樣好，所以就來了，想不到碰到你。韻真，你也常常來嗎？」

「這是頭一次。」

「韻真，這些日子你過得好嗎？好幾次我想叫小松請你回家，又怕你發脾氣。今天，我發現你原來和我一樣寂寞，我們真是何苦呢？」他說著向她靠攏了一點。

「你會寂寞？我才不相信！」她冷笑著，彷彿餘怒未息。

「我已不幹導演，又回到報社去了。本來我是抱著很高的理想去從事第八藝術的，但事實上並不那麼簡單，進去以後根本就沒有發展抱負的機會，因此我又退出來了。韻真，請你相信我，我還是從前的我，一點也沒有變。」志松誠懇地說著，說完了，還轉過身來，意思是叫她看他到底有沒有變。

她也轉向他，把他細細打量一番。頭髮很長，起碼有三個星期沒有理髮，鬍子也像亂草般長滿在唇邊。身上穿的一件香港衫和一件羊毛外套，兩件衣服都各掉一粒鈕扣；褲子很皺，皮鞋沾滿了塵土。

「還是那副德性！但卻更髒了。」她第一次笑了。

「那是因為沒有人料理我呀！韻真，你回來好不好？你不知道我和小松多麼想念你！一個家沒有了女人會變成了什麼樣子，你不回來看看是不知道的。」志松先是笑，後來卻變得嚴肅起來了。

「那你是因為家裡需要有人收拾才要我回來的麼？」她又在生氣。

「韻真，你別折磨我好不好？你明明知道我不是這個意思。我們都不是小孩子了，應該理智一點才對。朋友們都認為我們的分開太可惜，難道你就一點也不覺得？」他握住了她的手。

她沒有講話，只是低頭望著流水。天色漸暗，水面的倒影已模糊不清，兩個人的影子看來似乎變成了一個。

「你看，黃昏又來臨了，這裡的景色多美！難道你願意我們過去無數次雙雙的散步變成了單獨的躑躅嗎？想想那無數美好的黃昏吧！韻真，還想想我對你的愛。」志松在她身邊喃喃的說著。

她默默地聽著，想著，淚珠忍不住又奪眶而出。她用手背把它擦去，但是，另一顆又接踵出來。

他拍著她的肩頭。「別難過了！過去的已經過去，未來還在我們的手中哩！現在，我們吃飯去吧！吃過飯，我就陪你去把東西搬回來，好讓明天小松旅行回來得個意外的驚喜！」

撇下將殘的晚霞，也撇下滿腔的煩惱，她任他把著臂膀，和他並肩緩緩走下木橋，向著燈火輝煌的大街走去。

（四十七年「婦友」）

纖手如冰

西方有一個纖手如冰的可憐少女咪咪，患肺病夭逝於巴黎拉丁區的小樓上，那是音樂家普契尼根據穆格爾的小說而作的歌劇《藝術家的生涯》中的女主角，不一定是個真實的人物。然而，在我的生命史中，卻的的確確遇到了這麼一個也是有著一雙冰冷的小手的女孩子，而且，彼此相愛不渝。如今，她雖已死去十多年，可是，她的倩影卻仍然活在我的心中，我一閉眼，她那張蒼白的小臉就出現在我的眼前，在我的掌心中，也似乎還觸摸到那雙冰冷的小手。

* *

卅三年的冬天，在經歷了幾個月餐風宿露，顛沛流離的逃亡生活之後，我終於抵達重慶。那時，我既無職業，身上又幾乎分文不剩，在舉目無親的情況下，我靠著一張我在桂林曾經參加過的文化團體的會員證，以文化人的身份接受了政府的救濟。我領到了一小筆救濟金，還被安置在一間澡堂裡居住，雖則澡堂每天從上午開始營業到午夜才休息，我們必須在午夜以後方能回去，但這已勝過露宿街頭千萬倍了。

在這些日子裡，我每天到處奔走覓職，三餐靠著大餅充饑。偶或靈感到來，就在茶館裡泡一杯沱茶坐上半天，或者就伏在公園的石桌上，寫些小文投稿，換取些微稿費，以供生活所需。我的運氣很不好，工作久久無法獲得，眼見同住在澡堂中的難友一個個都因找到職業而先後遷出，心頭異常難過；還好在投稿方面還算順利，稿費所得，也勉可糊口，只是住在澡堂中太久，有點不好意思而已。

有一次，我因為一篇已經登出的稿子很久還沒收到稿費，又正值口袋告急，就到那家雜誌社去查問。那家雜誌社的社長是個面目可憎而又大模大樣的傢夥，當他知道了我的來意後，就以不耐煩的口氣，指著坐在角落裡一個穿著褪色藍布棉袍的女孩子說：「你找唐小姐問去，是她管的。」

我從狹窄的辦公桌縫中捱到那位女孩子面前問：「請問您是唐小姐？」披著一頭未經電燙，又濃又黑的長髮的頭顱抬了起來，我發現濃黑的頭髮下有一張頗不相襯的蒼白得毫無血色的瓜子臉，那上面還有兩隻大而無神的黑眼睛。

「我就是，先生有什麼事找我？」她的聲音柔弱而顫抖，兩隻大眼同時也露出了像受驚的麋鹿般的表情。

「沒什麼，我想查問一筆稿費發出了沒有？」向如此善良的一個女孩子作金錢上的追討，真覺得自己可恨，我只能以最溫柔的語氣和最客氣的態度來表示我對她的歉意。

「哦！你是李先生！請你等一下，讓我查一查。」當她知道了我的姓名以後，不知道為什麼竟很驚喜地叫了一聲，然後就急急忙忙地打開抽屜，在一疊本子中翻來翻去。

兩分鐘以後，她抬起頭來看著我，很小聲地說：「李先生，對不起！是我不小心漏開了，我馬上補給您。」

從她那小心翼翼的低聲以及著急的神色看來，我猜想她是怕老闆責罵；於是，我也就知趣地小聲說：「不要緊，您明天再補好了。」說完了，我就轉身離去。

經過那個可憎的社長的辦公桌前時，他問我查出來了沒有，我說唐小姐查過並沒有漏寄，可能是寄失了。

不知怎的，在這次短短的晤談中，我對那位纖柔瘦弱的唐小姐竟有了極深的印象；因此，當我收到她補寄給我的稿費通知單時，我對她寫在信封上及單子上纖秀一如其人的字跡感到了莫大的親切。我想寫信去向她道謝，又怕過於唐突；我只有拼命的投稿到她那家雜誌社去，以冀有更多的機會可以看到她的字跡。

*　　*

一個星期日，為了排遣光陰，也為了找尋靈感，我到兩路口一家書店裡去瀏覽。所有的書店裡都站滿了為看書而來的青年人，當然我也毫不客氣地站在那裡翻了一本又一本。當我看完了一本又想去找第二本時，我被身旁一隻美麗的手吸引了我的視線。這是一隻很纖細的象牙色的手，手背嫩得沒有半道青筋，淡白色的指甲修剪得很整潔，既沒有塗上血紅的蔻丹，也沒有留著鷹爪似的長甲。這隻手正拿著一本書，動也不動的，似乎看得相當起勁。沿著手往上看，一襲褪了色的藍布棉袍似曾相識，我的心不覺砰砰地跳著。對了，果然是她，一頭濃黑的頭髮遮住了半邊低垂著的臉，卻顯得那露出的半邊更加蒼白。

「唐小姐！」我輕輕地叫喚著她，臉上掩藏不住心中的喜悅。

「哦！是你。」她抬起頭來，一雙眸子仍帶著受驚麌鹿般的表情，但旋即就開顏淺笑。

「今天不用上班？」我答訕著問。

「嗯！」她羞怯地應了一聲。此刻我看清楚她年輕得很，滿臉稚氣的，絕不會超過二十歲。

「你想買什麼書呢？」我儘在找話頭。

「不一定，隨便看看罷了。」

她回答了我以後，又低頭看書，大概是她覺得我在旁有點不便，不到五分鐘，就把書放下了。

「李先生，我要先走了，再見！」她很快地對我說了這句話，就走出店外。

一股無形的力量在推動著我，我大膽地跟著她，到了店門口，我說：「唐小姐，假如你沒有別的事，我們找個地方坐坐好不好？」

兩隻大眼睛張得更大了，她惶惑地望著我，大概是對我這突如其來的邀請，感到不知所措。我一時也感到自己太過冒昧了一點，就結結巴巴地向她解釋著：「我沒有什麼意思，只是想對那次的麻煩你表示一點謝意；而且我在這裡一個朋友也沒有，假如能和你結交，我會很高興的。」

如今想來，我這幾句話實在笨拙極了，但想不到竟因此而引得了她的好感。她聽完我的話，立刻嫣然地笑道：「李先生文章寫得這樣好，即使沒有朋友，也會有許多讀者的，我就是其中最忠實的一個。」

對於一個涉獵寫作不久，而且又以掙稿費為目的的年輕人，這番誇獎應該是並不確當的；但是，這話出於一個純潔的女孩子的口，我又怎能否認它的真實性呢？在難為情之餘，我不覺急得臉紅耳赤地說：「哪裡話？我這些壞文章唐小姐也看的嗎？」

「為什麼不看？我們自己出的雜誌我每一篇都看的；不過，我真的是最喜歡看李先生的作品。」

「那麼我真的要謝謝你了，而且也更有理由請客了。」

「不知道現在幾點鐘了？」她張望著天邊黯淡的暮色，又露出了惶急的樣子；由於立在街頭過久，寒風吹得她蒼白的臉發青，沒有血色的嘴唇發紫。

我也沒有錶，因為它早在逃難時賣掉了。我望了望書店牆上那隻大鐘，告訴她：「現在是四點廿五分，怎麼，你有事嗎？」

「沒什麼事，因為我想我得回去了，雜誌社五點開飯。」

「你不要回去吃了，我請客。今天天很冷，我請你吃毛肚火鍋怎麼樣？」我剛領到了一小筆稿費，因此得以「慷慨」一番。

「那怎麼好意思？」她躊躇著。

「為什麼不好意思？這是你的權利，你應該接受我的謝意，放棄了才是傻瓜哩！來，我們走吧！」

她沒有再堅持下去，於是我帶她到附近一家專賣火鍋的小館子去，兩人對坐在一小爐炭火面前。這裡面的溫暖，正好和外面的寒冷成為強烈的對比。

堂倌送上來一小盤一小盤切得極薄的牛肉片和各種牛雜，爐火熊熊，鍋中的湯沸騰著，我和她以極悠閒的心情，慢慢地把肉片燙著吃著，一面彼此傾訴著身世。她和我一樣是隻身流亡在重慶，所不同者是我的父母留在淪陷區的老家中沒有出來，而她卻是這次從桂林逃出來才和雙親失卻聯絡的。夏天時她剛從高中畢業，因為家境不好沒有準備升學，卻考取了一個機關的雇員。湘桂撤退時，她的雙親帶著一群幼小的弟妹想到附近的小鄉村暫避，她為了工作，跟著機關沿黔桂鐵路走。想不到她的機關為了減輕負擔，在柳州時就把所有的剛考進去的雇員遣散；那時她已無法再去找她的父母，只好靠著那筆遣散費跟著同事們歷盡千辛萬苦的到重慶來。雖則很幸運的不久就找到了現在的工作，但由於戰事，她卻變成了孑然一身，不知家人在何方了。

說到這裡，唐小姐已是瑩然欲淚，我感懷身世，也覺心酸不已。但我是個二十幾歲的男人，又怎可輕易在陌生人面前流淚呢？為了要改變面前傷感的氣氛，我只好強裝歡笑，慇懃的勸她進食。在爐火的燻照下，她的兩頰漸漸現出紅暈，嘴唇也恢復血色，加上她的濃髮和大眼，此刻我覺得她是非常美麗的。我又注意到她的手，象牙色已變成了玫瑰色，十指纖纖，有如玉筍，淡白色的指甲也都現出淡紅了。我心中暗暗為上帝造人的高超藝術而叫絕，這樣的一雙手就適宜配在這樣的一個人身上，要是換了另一個人，那該多可惜呀！然而，她的命運又為什麼這樣不幸呢？

也許是她發覺我注視得太久了，因為她突然嬌羞地低下頭去。

「唐小姐現在這份工作還不錯吧？」我也驚覺到自己的失儀，又隨口的這樣問著。

「為了生活，又有什麼辦法呢？」想不到這句話竟惹起了她滿腹牢騷，她接著就告訴我雜誌社的工作如何繁重，待遇如何低微，伙食如何壞等等，並且表示她恨不得馬上離開，只可惜另謀高就沒那麼容易。

想到自己的仍然失業，對她的處境也是愛莫能助，我只有用一聲悠長的嘆息去表示我的同情。

一頓火鍋吃完，已是快到七點鐘，重慶的冬夜，除了繁盛的大街外，已很冷靜了。

「你住在哪裡？我送你回去。」一付過帳以後，算算口袋裡的餘錢已不夠兩人看一場電影之用，我只好這樣說。

「也好，你可以去看看我們那間偉大的宿舍。」她想了一想說。接著，她就告訴我雜誌社為他們五個男女職員在社址附近租了兩間小房間做宿舍，三個男的一間，她和另外一位管會計的許小姐共一間。

在走回她宿舍的路上，她又告訴我她管的是訂戶的工作和填發稿費通知單，有時還得幫忙校對。總之她的老闆花樣很多，絕不會讓任何一個職員空著的。

她們的宿舍是在一間小小的裁縫店樓上。走到樓下時，她仰望樓上兩個黑洞洞的窗戶，自言自語地說：「糟糕！怎麼他們全都沒有回來呢？」

「你是不是害怕？要不要我陪你一會？或者我們再走走才回去？」我說。

「不，我不害怕，我只是怕太黑了沒有辦法打開門鎖，而那黑暗的樓梯上老鼠又是那麼多。」

「我們跟樓下的人借一個火，我陪你上去。」

「不，不要，樓下的人對我們很不客氣，我不要跟他們借，我們還是去買一盒洋火吧！」在街角的雜貨店裡，她買了一盒洋火，對我說：「你只要陪我上去把門打開了就行，我不要請你進去坐，別人會說閒話的。」

我答應了她，陪她走進裁縫店。一個師父，幾個學徒，都停下了工作，像看怪物似的瞪著我們。舖子後面是一道木樓梯，因為沒有燈火，昏暗得不辨梯級。我劃了一根洋火給她照著，兩人慢慢摸索著走了上去；那座樓梯可能已很腐朽，人在上面走就吱吱作響，搖搖欲墜，幸而這樓梯很矮，沒幾步就走完了。

到了樓上，我再劃著一根洋火，她在小錢包中摸出了鑰匙，要去開房門上的鎖；可是，不知怎的，她的手似在發抖，怎樣也打不開。

「讓我來替你開。」我說著，把洋火交給她，意思是叫她給我照照；另外一隻手就向她拿鑰匙。

當我的手和她的手在無意中接觸到時，她手部的冰冷嚇了我一跳。天氣雖然相當冷，但她身上穿的是棉袍，又剛吃過飯，她怎麼會冷得這樣利害？難道穿得不夠暖？還是身體上有什麼病？看那副弱不禁風的模樣，真不怎麼健康哩！

她門上的鎖是蹩腳貨，我一下子就打開了。她謝了我，推開門，點著了桌上的蠟燭。就著那微弱的光線，我看見那一丈見方的房間內，對面擺著兩張小床，中間剩下窄窄的一條通道。

床頭一張小木桌，這就是她和另外一位女同事的宿舍了。

她沒有邀我進去坐，我也知道這該是我告辭的時間。

「唐小姐，再見了，下次我可以再來找你嗎？」我依依不捨地說。

「再見，李先生，謝謝你的火鍋，下次該我請你了。」她背著燭光站著，我雖看不清她的臉，但我知道她在說話時笑得很甜。

「那我們什麼時候再見呢？」她雖已答應了我們可以再次約會，但我仍急不及待的問。

「到時我會寫信給你。」她仍在甜笑著。

「好的，那麼我走了，再見。」我向她揮揮手，歡天喜地的離去，由於太過高興，下樓時差點摔了一跤。

走在路上，我一直在吹口哨；重慶的隆冬對我不再寒冷了，因為我的心頭開滿了春天的花朵。

那一夜，我興奮得怎樣也睡不著，她美妙的倩影一直在我腦海中盤旋，她那雙美麗而冷冰冰的玉手也使我念念難忘。第二天早上，我就因急不及待而想先寫信給她；提起筆來，方想起和她談了半天卻竟忘記了問她的名字而啞然失笑，只好死心塌地的等她的來信了。

在那些等待的日子裡，我簡直是坐立不安，好幾次到她辦公的地點和宿舍附近徘徊，希望碰到她，但都沒有如願。不過，我總算能克制自己，沒敢造次去找她。

* *

幾天以後是農曆的大年夜，早上，我要離開澡堂時就收到她的信。第一件事，我就是要知道她的名字，果然，她有一個很美，也和她很相配的名字——爾柔。她信上說，從明天初一起，她有三天的假期，要是我沒有事，她要履行諾言，請我的客。今天除夕，老闆請全體職員吃飯，她不能出來，希望我過得愉快。

這一封字數雖短少而辭意懇切的信，就足以抵償我數日來相思之苦。我把信看了又看，讀了又讀，然後才把它珍重地收藏在最穩妥的一個口袋中。對這三天的約會，我有著說不出的甜蜜的憧憬，除了為自己阮囊羞澀而稍感煩惱外，我的快樂真是無法形容。

除夕，我甘心情願地獨自在小館子中吃大餅牛肉湯渡過，以接待一個愉快的明天。

那夜我睡得很香甜，第二天也醒得很早。起來以後，我就急不及待地趕到她信中約定的她所住那條街的街角去等，在家家戶戶此起彼落的爆竹聲中，我眼巴巴地等了約莫半個鐘頭，她才姍姍地出現在我的眼前。過年，她仍然穿著那件褪了色的藍布棉袍；不過，也許由於今天天氣晴朗的關係，她的臉色也比較沒有那麼蒼白了。

「你一定等得很不耐煩了，我怕同事們笑我，所以等他們通通走了才下來。」她一看見我，就彷彿像對老朋友說話一樣很天真地笑著跟我說。

「他們會笑你嗎？」

「我不知道，我從來不曾跟——」她說到這裡就難為情地低下了頭。

「假如你怕，那我以後不要來找你好了。」她的天真與稚氣使我自覺是她的大哥哥，必須樣樣依從這可愛的小妹妹。

「不要緊，我們只要不讓他們看見就行了。李先生，你吃過早點沒有？我請你吃銀耳羹去。」今天的她似乎比前兩次見面時活潑了一些，說完了也不等我回答。就逕自往前走。

「真的要你請，太不好意思了。」我走在她旁邊說。

「沒有關係，我已領到了薪水，還領了一筆小小的年終獎金，這些錢我反正沒有什麼用處，平日過得那麼苦，趁新年玩玩又有什麼要緊？我不但要請你吃早點，還要請你吃午飯晚飯和看電影。」

「那使不得！我不能無功受祿，你為什麼不請你的同事們呢？」

「同房的許小姐有她的男朋友，沒空跟我玩；至於那幾個男同事，我才不要跟他們玩，俗不可耐！」

「難道我就不俗了嗎？」我大膽地跟她開起玩笑來。

「你一點也不俗，文章不俗，人也不俗。」她一本正經地說，好像並不覺得我是在開玩笑。

「那我真是受寵若驚了。」在流離失所，落魄窮途的日子裡，竟遇到這樣一位肯對自己傾心的善良少女，我開玩笑的心情消失了，相反地我卻有著感激涕零之情。

吃完了一碗加雞蛋的清甜的銀耳羹，我和她在嘉陵江畔散著步。望著那黃蕩蕩的江水，她若有所感地問我：「你是哪裡人？」

「遠得很哩！我的家在黑山白水的最北端，黑龍江。你呢？」

「也遠得很！我的家鄉和你的正好一南一北。」

「你是廣東小姐？你不必開口說話，從你的一雙眼睛我就可以看出來。所不同的，一般南國女郎多數皮膚黝黑，而你卻很白。」

「我不是白，是沒有血色，我有嚴重的貧血症。」

「是嗎？那你得多多保重身體呵！」

我立刻聯想到她冰冷的手指，不覺深情地說。

「我是個不足月就生出來的人；身體本來就不好，這次逃難，吃了很多苦頭，爸爸媽媽知道了不知要多心痛呵！」她的大眼睛一眨一眨地，長長的睫毛下似有晶瑩的淚光在閃爍。

「不要難過，戰爭結束以後，你一定會找到他們的。」

「誰知要等到什麼時候呢？這場仗打了快八年了。記得抗戰剛開始時我才只有十一歲，還在唸五年級，現在卻已變成大人了。」她還是十分傷感。

「可是你在我的眼中還是個小孩子。」她是如此嬌弱，楚楚可憐，使我覺得她不像個大人。

「算了吧！你也不見得比我大多少。」

「真的，我很老了，二十七了，你看我的鬍子。」我用手撫摸著自己唇邊疏疏幾根三天沒有刮的鼠鬚。

「數得出來的幾根鬍鬚也要嚇唬人，不怕難為情！」突然間她又變得活潑起來了。看了她那有趣的樣子，我忍不住哈哈大笑。

「李先生，一個廿七歲的人還想他的父母不？」她沒有笑，馬上又一本正經的問我。

「為什麼不想？只是，我離家太久，在外漂泊慣了，不像你想得那麼利害吧！」

「我知道你在十三歲時就離開家鄉，到過北平，到過青島，還到過上海，對不對？」

「咦！你怎麼會知道得這樣清楚呢？」

「從你的每一篇文章中，我已差不多可以把你的過去整個連結起來了。」她笑吟吟地，得意洋洋的說。

她這幾句話，又是使我感激得幾乎流下眼淚。「千金易得，知己難求，」我不過是一個潦倒的文人，又何幸而得此紅顏知己？我強忍著眼淚，但卻是用沒法控制的顫抖的聲音對她說：

「唐小姐，你太看重我了，我是不值得的。」

「你為什麼這樣自卑呢？李先生，我可能不懂得欣賞，但我在沒認識你以前就一直喜歡你的文章，覺得它們是好的作品，名作家的我反而不見得就喜歡哩！」

「唐小姐，不瞞你說，在幾秒鐘以前，我還是覺得自己無望的；可是，如今承蒙你這樣看得起我，我又怎敢再自暴自棄呢？現在我對天發誓，我一定要好好努力，以不負你的所望。」我真心的指天誓日地說，舉動可能是滑稽了一點，但心情卻是嚴肅的。

「好了，好了，何必那樣認真？我累了，我們找個地方歇歇吧！」

今天天氣很好，久不見面的陽光從薄薄的雲層裡透射出來，使這座被嚴寒封鎖著的山城獲得一絲溫暖。好天氣會使人興致勃勃，我們在公園中坐了一會，才十一點多，她就嚷著說要去吃中飯，她說吃過飯還要請我看《蝴蝶夢》。

中飯是在一家廣東館子裡吃，她點了好幾個菜。我叫她不要太破費，她又說她反正沒有用錢的地方，吃吃又何妨？我心裡想她真是太不懂得照顧自己了，身上那件棉袍已那麼舊，一定不足以禦寒，為何不利用這筆錢做一件新的，或買一件大衣呢？可惜我和她交情不深，尚不便說出這種話。

《蝴蝶夢》這部電影似乎使她異常感動，從電影院中出來，她的臉色又變得異常蒼白，兩片薄薄的嘴唇抿在一起，默不作聲。

在路上走著的時候，我說：「你是不是累了？我送你回去好不好？」

「不，我現在不要回去，大年初一，我才不要回社裡去吃飯哩！等一下我們再去吃火鍋。」

「你難道一定要把領來的錢通通花掉才行？」我心疼她的不懂事，不覺大聲地說。

「不會的，我已計劃過了，明後天省一點就行了。」她柔聲回答，並不以我的責備為忤。

「明後天？」我不明白她的話。

「我信上不是說過我有三天假期嗎？在這裡我實在沒有其他的朋友，一個人待在宿舍裡又太無聊，李先生，你願不願意再陪我玩？」

「太願意了，爾柔，你對我這樣好，真使我不知如何來報答你？」她一再的向我奉獻出純潔的友情，使我激動得脫口叫出了她的名字，說出來以後又覺得有點難為情。「呵！對不起，唐小姐，我無意這樣大膽的叫你的名字。」

「沒有關係，我喜歡你這樣叫，我在這裡沒有父母，沒有老師，沒有同學，從來就沒有人叫過我的名字，今天才是第一次聽見人這樣叫我哩！呵！這聲音多麼親切！李先生，你再叫一次好不好？」她側過臉來仰頭看著我，一雙又黑又大的眼睛閃著奇異的光芒。

「爾柔，你也別叫我先生，叫我的名字好嗎？」我柔情萬縷地叫著她，也看著她。

「我叫你的真名呢？還是筆名？」她想了一想，又看著我問。

「隨你便吧！你喜歡叫我什麼都好。」

「那麼我叫你的筆名，我很喜歡『寒江』這兩個字，既富詩意，又表現出你清高絕俗的性格。」

「哪裡有你說的那麼好呢？我也只是隨便取的罷了。」

* *

那天我把她送到街口，她就叫我回去；第二天早上，我們又在原來的地方會面。

「爾柔，你早！」我迎著她說。

「寒江，早！」第一次喚著我的名字，她羞得兩頰飛紅。

「今天我們到哪裡去呢？」我們一邊走著，我一邊問。

「今天你出主意吧！」她說。

「要是我出主意，那你得聽我的話，包括用錢方面。」

「好，一切聽你的。」她拖長了聲音，頑皮地說。

這一天，我和她渡江到海棠溪去，我們買了一些大餅和廣柑作午餐，就在江邊一個小山上盤桓了大半天。在那裡，我們找到一塊上有大樹遮陰的石頭作歇腳的地方。我們並肩坐在那裡，言語像淙淙的泉水一樣從兩人的口中自自然然地流瀉出來。我們談童年的趣事，談家鄉的風俗，談學校中的生活，談逃亡的苦況，當然也談目前的困頓與牢騷。她的話似乎較我更多，因為她念念不忘失散了的父母和弟妹，而且還有著說不完的年輕人的夢想；而我呢？雖則只癡長她數年，但現實生活已把我磨練得像中年人一樣，不再存有這些青春幻夢了。

當我們坐在石上談話時，她一雙手總是抱著膝蓋，於是，我又有機會很清楚地欣賞到這一雙美麗的手。我想起了那天晚上觸到她的手時冰冷的感覺，就說：「爾柔，山上風比較大，你冷嗎？」

「不冷，這兩天都是重慶難得的好天氣，還出著太陽，怎麼會冷呢？」

「你的手冷不冷？」我又問。

「我的手？我的手在冬天總是冷的，但這並不就表示我冷。」她把兩隻手互相摩擦著，想使它們溫暖；我乘機把她的手捉了過來，用我的大手緊緊握著，搓著。這一雙象牙色的纖細柔軟的冰冷玉手在我的掌握中微微顫抖著好像是一對受傷的小鳥；經過了很久很久，它們凍僵了的軀體才漸漸恢復溫暖。

在我握著她的手時，她一直低著頭不敢看我。我說：「爾柔，你的手為什麼在冬天總是冷的？」

「我不是說我不足月就生出來了嗎？我有著先天性的心臟病，還患著相當嚴重的貧血，這是我在桂林考進那家機關檢查體格時的那位醫生告訴我的。我本來體格不及格，但我哀求那位醫生請她不要據實填報，她同情我的境遇，所以就替我遮瞞過去了。」

「可憐的孩子！你的父母知道你有這些病嗎？」我把她的雙手握得更緊，甚至想把她摟進懷中。

「他們只知我身體很弱，還不知道我有病，我沒告訴他們。」

「爾柔，為了你的健康著想，以後不要把錢亂花了，你應該穿得暖一點，和多吃一些補血的東西，知道嗎？」我真替這無知的孩子心疼，但一面也為自己的沒有辦法幫助她而心疼。

「嗯！」她輕輕地回答了一聲。

「爾柔，你還剩下多少錢？我想你到拍賣行裡去買一件舊大衣。」我突然想出了這個主意。

「買舊大衣做什麼？我不是穿著棉袍嗎？何況，我的錢並不夠買。」

「看都看得出來，你的棉袍又薄又硬，你往往冷到嘴唇發紫，還說不冷？我真後悔昨天的玩樂，我們吃掉一件大衣了。」我痛苦地說，同時放開了她的手。

「有什麼好後悔的？人生如夢，興來時玩三兩天難道也有不對？」

「明天我們不要去玩了，我不願你這樣花錢，而我又沒有能力請你。」我真是痛苦得想死。

「我說過要玩三天，今天才花了一點點錢，怕什麼？除非是你不願意再陪我玩，否則我明天還要出來。」她卻鼓著腮，嘟著小嘴，不高興地說。

「我的好小姐，我說不過你，明天一定再奉陪。」我站起來向她打拱作揖，她又笑了。

下午天色轉陰，風也漸勁，她的臉色又變得蒼白起來。我一面催促她下山，一面想，明天絕不讓她到郊外去了，上午上山時她喘得很利害，當時我以為是走得急的關係，原來她真是有病的。

＊　＊

初三的天氣又恢復了重慶冬天固有的陰雨，又冷又濕。這壞天氣也幫了我不少忙，因為我不必費唇舌來勸說爾柔不要到郊外去玩。這一天的上下午我們都在茶館中渡過，好在重慶茶館的堂倌並不會對久坐的客人施白眼；兩杯沱茶，一碟瓜子，我們就可以在那裡談上幾個鐘頭。

我從來不曾交過女朋友，這三天來的和爾柔同遊，使我體味到一種新鮮而令人興奮的人生經驗。這位生活習慣處處與我懸殊的南國姑娘，纖柔而任性，天真卻又早熟，這些矛盾的個性，給她揉合了一個很可愛的性格。她又完全稟賦了粵人的一切氣質：聰穎、熱情、朗爽。她雖多愁卻很快樂，害羞卻很愛笑，為一點點事情就會笑得彎了腰；那像一串銀鈴在風中搖曳的清脆笑聲，我如今尚依稀可聞。

三天的假期過去，爾柔回到她的工作崗位上去，我也要實踐我對她的諾言——努力寫作。為了省錢，為了不紛擾彼此的工作，在分手我們相約以後每星期日聚會一次，其餘六天裡面我不能去找她；有事則可以用信函傳達。

說來很可笑，我在和她分開的第一天就覺得不慣，尤其是獨個兒在路上走著時，總覺得像失落了什麼似的。坐在公園裡或茶館裡，執起筆要想寫些什麼，結果一個字也寫不出來，眼前浮現出卻是她那張楚楚可憐的蒼白的小臉。我開始惶惑了：難道我愛上了她？當然，愛是無罪的，而她又的確那麼可愛！但是，我有資格去愛人嗎？我是一個浪跡天涯，連起碼生活都成問題的窮光蛋呵！

是我和她分別後的第一個星期六的晚上，口袋中連坐茶館的錢都沒有了，我買了四分之一個的大餅當晚餐，在冷風中邊走邊吃著；乾巴巴的大餅吃來毫無味道，但我想到明天就可和她見面時，一種甜蜜的感覺又使我甘之如飴。慚愧的是，別來一週，我毫無進展，明天我又得花她的錢了。

也許是真的天無絕人之路吧？當我啃著大餅，漫無目的地走著時，竟突然遇到了一個大學時的老同學。起初，我並沒有看到他，而他似也沒有留意我。他走了兩步，又從後面趕過來，氣咻咻地叫著我的名字說：「喂！你不是李方嗎？」

我錯愕地回過頭去，對著這個意外地出現在我面前的老友看了幾秒鐘，然後本能地把剩下的一小塊大餅悄悄放到口袋，一邊伸出手來和他熱烈相握，一邊大聲叫著：「正宏，是你！你什麼時候到重慶來的？」

正宏簡單地告訴我他是從成都來的，前天才到；接著便問我吃過晚飯沒有，他正要找地方解決肚子的問題，要我陪他一道去，順便談話。我嚥著口水說還沒吃過，於是他把我拉到路旁一家小館子裡去。

大概是由於我寒酸的外表和狼吞虎嚥的樣子，正宏彷彿已看出了我境遇的一斑。他不斷地勸我進食，一又急不及待地要我說出我的狀況。在老同學面前是不須隱瞞什麼的，何況我和他在校交情不錯？於是我坦率地把一切都告訴了他。

「天下事有這樣湊巧的嗎？李方，不是我誇口，你的運氣來了。」聽完了我的話，正宏立刻用手在我肩膀上重重的拍著，大呼小叫起來。

原來他在成都一家中學裡當教務主任，這次到重慶來，就為了物色一位初中英文教員，昨天跑了一天沒有找到合適；如今聽見我也正在找工作，於是他直覺到他的問題已解決了。

英文非我所長，但教初中卻是不成問題的。失業的痛苦已把我折磨得身心俱瘁，每天晚上我都感到無顏再回澡堂去睡覺，若非因為天氣太冷，我真寧願睡在路旁；任何職業我都願幹，即使當校工也是好的。如今忽然有一個教員的職位在等著我，這寧非喜從天降？

「正宏，我這條命算是給你拾回的了，要是你遲幾天才碰到我，就恐怕要索我於枯魚之肆了。」我半開玩笑地對他說，一面，感激的熱淚又禁不住奪眶而出。

正宏接著又告訴我，學校將於一星期後開學，兩天後他就回蓉去，問我要不要同行。經他這一問，我才想起就要和爾柔兩地相思，不免又憂傷滿懷；我對正宏說還有點私事待理，請他先行，我將遲三兩天才走。正宏答應了，並約我後天到他住的旅館去取旅費；臨走時，他又自動地借了一點零用錢給我。

星期日的上午，我懷著哀樂參半的心情去找爾柔。可能是因為我今天的笑容太勉強了，我們在路上走了不久，她就發現了我有心事。

「寒江，我看你今天有點不快樂，是不是？」她問。

「哪裡話？和你在一起怎會不快樂呢？」

「你不要騙我，我看得出來。」

「爾柔，我實在不忍告訴你，過幾天我就要離開重慶了。」

「為什麼？」像突然挨了一記悶棍似地，她突然立定在路旁，雙眼發直，面無表情地問。

「讓我們找個地方坐下來，我慢慢告訴你。」

我挽著她走進一家茶館，找了一個比較清靜的座位，就把昨天晚上遇到趙正宏的事一五一十地告訴了她。我在講話的時候，她一直默默的聆聽著，臉色發白，還不時的咬著嘴唇皮。

「爾柔，我知道我走了你會很寂寞；但是這兩三個月來我找工作找得這樣苦，如今有一份好工作在等著我，我又怎能不去呢？」講完了，我還這樣下了個結論，也為的是安慰她。

「當然要去，你找到了工作，我應該為你高興才對。」聽完我的話，她立刻收斂愁容，向我作了一個微笑，但這微笑看來卻是慘兮兮的。

「我走了以後，你要每天寫信給我，好不好？」為了要緩和我們的離情別緒，我故意逗著她說。

「每天？不太多了嗎？寫些什麼好呢？」她卻認真地問。

「不，我跟你開玩笑的，每天一封的確是太多了一點，我們一週通信一兩次就夠了。記著，你要把你生活的情形詳細告訴我，包括你有沒有穿夠衣服？有沒有使自己受涼？」

「假如我騙你呢？」她也跟我開起玩笑來。

「我再來的時候會跟你算帳的。」

「你是不是要等到暑假再來？」

「只好這樣了，時間成問題，旅費也成問題。」

「那我們還要等五個月才能見面了。五個月，聽起來好像很久很久哩！寒江，你要多寫點文章呵！我讀了你的文章就等於看見你了。」

「傻孩子，五個月並不久，它可能在轉眼間就過去了。要是有時間，我當會繼續寫作，如果編輯先生們不把它們扔到字紙簍裡的話，你還是可以讀到它們的。」

「寒江。」她叫了我一聲，立刻又低下頭去。

「呃！什麼事呀？」我詫異地望著她。

「我對我目前的工作厭倦極了，很想換一份工作，你到了成都，給我留意留意好嗎？」說完了，她的面頰已飛上了兩朵紅雲。

「你真的願意到成都去？好極了，我叫我的同學替你想辦法。」想到不久的將來她就能和我在一起工作，我不禁心花怒放。

「寒江，明天晚上我替你餞行。」她突然這樣說。

「你又想花錢了？」

「要花也不過這一次而已，以後想花也沒有機會了。」

「爾柔，你怎會說出這樣的話來的？你不是說要到成都去嗎？即使不去，五個月後我們又可以在一起，什麼叫沒有機會？」我預感到一種不祥之兆，忍不住責備她兩句。

「我指的是目前呀！」她似乎也因有所感而雙目含淚。

「好了，別難過了。明天你替我餞行，今天我向你辭行如何？晚上我請你吃火鍋，現在，你說我們到哪裡去玩呢？」

「再到海棠溪去怎樣？我喜歡在那山上望著浩蕩的揚子江，幻想它有一天能把我帶回老家。」

「可憐的孩子，揚子江也帶不了你回家呀！」

「起碼它可以使我接近家一點。」

「可是，你上山不怕氣喘嗎？」

「那小山坡算得了什麼？喘一下沒有關係。」

「好，那我們走！」

在海棠溪的小山上，我們又再度並肩坐在一塊望得見長江水的石頭上。她讓我握著她冰冷的小手，自己則像隻馴善的小綿羊般偎在我的身邊。

「將來勝利後你真的要從長江回去？假如真的話，那我們起碼有這一段路是相同的。」我問。

「我恐怕我不能，因為我要先到桂林附近的小村莊去找我的父母，不論他們是否已回廣東？我都得從這條路走。」

「那麼我陪你走，等你找到了你的父母我才回東北去。」我忽然感到我不能夠再離開她。一想到分離，我居然害怕我所渴的勝利來臨。

「那使不得，這會害你多走一大段冤枉路哩！」

「為了你，我什麼都不怕！爾柔，自從認識你以後，我就一直有這個感覺，為什麼在桂林時我們彼此沒有遇見呢？要是那時我們結識了，也許會過得比現在快樂哩！」

「那時我還是個小孩子，什麼都不懂！」她含羞地低著頭說。

「你現在也還是小孩子，我就喜歡你稚氣未除的樣子。」我撫摸著她的小手說。

「你又欺負我了，我已說過我不是小孩子。」她假裝生氣。

「為了要證明你不再是小孩子，你得答應我，我走後你要好好的保重身體，多穿衣服，早點睡覺，隔兩三天就買些黃牛肉託你們社裡的廚子給你煨湯吃，知道嗎？」

「知道，你到了成都也要注意自己的起居呀！你在這裡太苦了。」

「你不必為我擔心，我身體好，吃點苦算不了什麼。」

我們就這樣地偎坐在石頭上，說著說不完的互相慰藉和體貼的話度過了大半天。黃昏時我們渡江回到市內，到我們第一次去那家小館子去吃火鍋。我們都避免提到別離的事而儘說些輕鬆話，她不斷地嬌笑著，爐火燻得她的粉頰嫣紅，我覺得她愈來愈美了。

*　*

第二天我到正宏那裡取得了旅費，送了他上車，並和他約好了我後天起程，一個人又無聊地在市內閒蕩著。我騙正宏說有私事待辦，其實我哪裡有什麼私事呢？我幾乎連行李都沒有，隨時可以動身，我之所以要延遲兩天，無非想和爾柔多多廝守一刻罷了。但是，她白天得辦公，我無法和她見旅，所剩下屬於我們的時間，只不過是兩個黃昏而已。

我像個機械人似的走完了一條路又一條路，似乎完全不感覺到疲乏，事實上卻是因為我的身心都已因哀愁而麻木了。走過一條繁盛的大街上時，我的目光無意中落在一家拍賣行的商櫥上，立刻，裡面有一件商品吸引了我。那是一雙用天藍色毛線織成的手套，手套背上還繡著一叢紅黃白三色相間的雛菊，色彩非常的高貴和鮮艷。這雙手套看來比普通女用的手套略小，很可能是小孩子的，但它們看來正適合爾柔的小手。我不是曾勸過她買大衣嗎？她既表示買不起而我也沒有能力送給她，那麼，這雙手套豈不正是我臨別送她的最好禮物？

我走進店裡，叫店員把手套拿給我看，我把手套放在手中比著，知道爾柔一定合戴。

「你是買給小孩子戴的嗎？」店員看著我一身襤褸的衣服，用懷疑的口氣問。

「是的，多少錢？」

店員說出了一個價錢，接著又聲明這還是雙全新的手套，不過因為是小孩子的，所以才售這樣低廉，那意思就好像說我已撿到了便宜貨似的。

我在心裡盤算了一下，在我的旅費中除了買車票和必須的用度外，還勉強能抽出這筆錢；於是，沒有和那店員多說半句，就把手套買了下來。我像衛護著一件無價之寶似地把它們揣在懷中，一面更急切地盼望白天趕快逝去。

我在薄暮籠罩著的公園中候到了爾柔。她一來，我就叫她坐在我身邊的石礅上，並且吩咐她閉上雙眼，伸出雙手。她柔順地照做了，我小心翼翼地拿出手套來戴在她冰冷的小手上。才套進了一隻，她就嚷著說：「我知道了，我知道了。」要睜開眼。我不答應，要她等一會才張開。

這一雙美麗的天藍色的手套不大不小正好適合她的纖手，配起她那身藍布棉袍，色澤尤其調和。我欣賞了幾秒鐘，然後叫：「好了，你看這是什麼？」

爾柔張開了她的黑眼睛，立刻是滿臉驚奇的表情，「寒江：這太美麗了，是怎樣得來的？」

「總不是偷來的就是了，你放心。」我笑著說。

「不，寒江，你沒有錢，你不能這樣為我花費。」她一面說，一面用戴手套的手互相撫摩手套背上的花紋，顯然她是很喜愛它們的。

「我現在有職業了，這算是我送給你的一件微薄的禮物，我想你是需要它們的，我不願意你的小手整天冰冰冷的。」我握住了她的手，隔了一層手套，我仍感到有點冰冷。

「寒江，你真好，謝謝你。那麼我送你什麼好呢？」她含情脈脈地凝視著我。

「我不要你送我什麼，你給我一張照片做紀念吧！」

「我沒有照片，等你到成都安頓好了拍一張寄給你好不好？」

「好的，可不要食言呵！」

這一夜，爾柔在一家廣東館子為我餞行；當她向侍役們用粵語交談，還聽見四座的鄉音時，我發覺她眼睛裡流露出快樂的光芒。這可憐的患有懷鄉病（我想思親的成份該佔了一大半）的孩子呵！我祝福她能早日還鄉！

離渝的前一天我過得比昨天更失魂落魄，我太疲倦了，以致我無法像昨天一樣的整天逛馬路，只好獨個兒去泡茶館以等候黃昏。數著一秒一分逝去的時光，我矛盾地一忽兒希望它快點消逝，一忽兒又希望它能多作勾留；因為我既渴想和爾柔早些會面，但又珍惜這同處山城的最後一日呵！

＊　＊

今天我們仍然先在公園會面，這一次，輪到她故作神秘了，她遠遠地從石階拾級而上時，我已發現她手裡拿著一包東西；她走到我跟前，把那包東西藏在身後，學著我的口吻頑皮地說：「閉起你的眼睛！」

我照她的話做了，她數著一二三，把一包東西放在我手上，然後叫我張開眼。我張開眼，要拆開手上的包裹，她卻脹紅著臉，嬌嗔的不許我拆開。

我說：「那有這種道理？送人東西又不准人家看的？」

「回去再看還不是一樣？」

「人家急著要知道嘛！你又花錢買了什麼了？我不是說過只要照片嗎？」

「我沒有花錢，是現成的，因為我根本沒時間出去買，照片也包在裡頭了，我這樣告訴你，你應該滿足了吧？」

我摸摸那包裡，軟軟的像是布質的東西，於是又不放心地問：「你沒有騙我？」

「絕對沒有，騙你我不得好死。」她著急地說。

「傻孩子，為一點點小事犯得著賭這麼大的咒？」我止住了她。

「誰叫你不相信我？」在夕陽殘照中，她笑得真像一朵初放的花朵。

為了省錢，我們別離前的最後一餐是吃牛肉湯和大餅渡過的。我們誰都沒有胃口，只是，為了要抵禦那寒冷的天氣，不得不把肚皮填飽而已。然後，我們在街頭漫步著，為的是我們已沒有地方可去，公園裡太寒冷，茶館嫌太吵，咖啡館我們又進不起。走著的時候，我的手偶然碰到了她的，還是那樣冰冷得嚇人。

「你為什麼不戴手套？」我不高興地問。

「我捨不得戴，它們太漂亮了。」

「你真是的！身體要緊還是東西要緊呢？手套買來就是為了要戴的呀！下次可不許不聽話了，知道嗎？」我心疼萬分地說，一面把她靠近我的一隻手緊緊握在掌心中。

昨天，我們有說不完的話，今天，卻是彼此默默無言，也許是怕說話時不小心會觸動離情別緒的緣故吧？就這樣，我們默默地，手挽著手，走過無數大街小巷；後來，我怕她累了，就提議說要送她回去。

「明天早上幾點鐘開車？」她問。

「天亮就要開。」為了不要她來送行，我隨口這樣回答。

「我趕早起來送你。」

「不，爾柔，我又不是出什麼遠門，又何必那樣勞民傷財呢？你好好的聽我話，明天不要來，否則我會不高興的。」

「難道我們就這樣分別？」

「這樣有什麼不好？就像我們平常一樣，我送你到你的街口，說一聲再見，這象徵我們的別離不會久。」

「你不愧是個寫文章的人，說得真動聽，那我就依你吧！不過，我總覺得這樣好像太不夠朋友哩！」

「朋友相知，貴相知心，形式是在所不計的。」我違心地對她以朋友相稱，其實，在我的心坎中，她正是我初戀的少女；我相信，她對我的情意，應該也不僅是朋友吧！

天黑，風寒，人靜，我把她送到她所住的街口時，很多店舖都打烊了。

「寒江，你回去吧！再見！」她站定在路旁，強作鎮靜，首先向我道別，但她的聲音卻是顫抖的。

四周都沒有人，我真想吻她；但是，我終於抑制住自己。因為她太嬌弱了，我不敢碰她，生怕一碰就把這瓷娃娃碰破。

「再見了，爾柔，你要好好保重自己呵！」我把她的雙手緊握了一下，立即放下，轉身飛奔離去。熱淚簌簌地落在我的胸前，幸虧天黑無人看見，我也就索性哭個痛快。這是十四年來，自從我跟著鄉人離家那天起的第一次流淚。

走到燈光較亮，行人較多的地方，為了不要被人目為瘋子，我不得不止住哭，掏出手帕來擦乾眼淚。當我的手伸進我那件破外套的口袋裡時，我觸摸到爾柔送給我的那包東西，於是，我等不及回澡堂去，就著微弱的路燈光，便打開來看。

觸入眼簾的是一塊淡藍色的布，裡面還有一個小紙包。這塊淡藍色的布是一個枕頭套，當中繡了一株白色的蘭花，非常素雅。小紙包裡是她的一張二吋照片，頭髮剪得短短的，一雙大眼睛奕奕有神，臉龐也比較現在豐滿，想來是做學生時照的。照片後面簡單地寫著「送給寒江，爾柔於重慶」。包照片的紙也寫了幾行字，大意是說枕頭套是她在學校的勞作，她很喜歡它，所以在逃難時也捨不得丟掉，現在送給我，希望我看見了就想到她。照片也是她畢業時照的，容貌雖已不同，但她相信自己的心還像以前一樣純潔。

看著她照片中的倩影，讀著她親切的辭句，撫摩著她親手縫出來的女紅；想到我們的分離，想到她淒涼的身世和病弱的身體，我已經遏止的眼淚又涔涔而下。我無視於路人怪異的眼光，也不知在路旁呆立了多久，直至陣陣夜寒侵入我的體內，使我打了幾個噴嚏，我才惕然而驚，踉蹌拔步，走回澡堂去渡過我在重慶的最後一夜。

我在成都的生活是安定，有規律而恬靜的，但是我並不快樂，我無時無刻不想念著爾柔。我曾經託過正宏替她留意工作，正宏答應了，不過他說要等些時候，這事是急不來的。於是我也只好耐心的等候，只靠著每週兩三次的信和爾柔互道相思。

教書的工作很適合我的個性，加上孩子的天真，慢慢地我也喜愛起自己的職業來。課餘之暇我偶然也寫點短文去投稿，每一發表，我必定剪一份寄給爾柔看，她回信也一定讚賞一番。

夏初的時候，她寄來一張照片，穿著一件短袖布旗袍，露出兩條細細的臂膀，眼睛睜得大大的，更顯出一副怯生生瘦憐憐的樣子。我去信再三屬咐她要注意保養身體，我說：夏天已經來臨，我們見面之期已在不遠，她必須把自己養胖一點，否則見了面我要打她的手心。

她先是回信說她一定聽我的話，要把自己養得像小豬一樣胖，好讓我回來認不得她。然後，當天氣漸漸炎熱起來以後，她就來信說重慶天氣的燠熱使她吃不消，她吃不下，睡不著，白天工作又忙，而最重要的一點是她愈來愈想家，也愈來愈寂寞。「胖得像小豬」的希望是絕對落空了，只求我見面時不要打她的手心便好。

看了她的信使我憂心如焚，但是，除了勸她忍耐以外，我又能替她做些什麼呢？成都之於我比重慶更陌生，學校一時尚沒有位置安插她，我又有什麼其他的辦法？

*　　*

期考中，有兩次沒有接到爾柔給我回信，那時我正忙著改卷子，算分數，也沒有太在意；我想也許是她工作太忙或偶感不適，要不然就是被郵局失誤了。

第三封信去仍然沒有回音，這封信我是向她報告放暑假的日期和起程的日子。這一次我有點不放心，還抽空到電信局去給她發了一個簡單的電報。就在我從電信局回到學校裡時，我的辦公桌上擺著一封從重慶寄來的信，是爾柔的那個雜誌社的信封，但字跡卻是陌生的。看了這個信封，我第一個聯想就是她病了，所以請別人代筆。

我用發抖的手拆開信封，信的上款寫著「李先生」，下款是「許明珠」。許明珠就是爾柔同房的那位小姐，我連話都不曾跟她談過哩！不對！她為什麼要寫信給我？我用最快的速度去讀信，然而，我並不需要讀完它，我也沒有辦法讀；因為，我只看到「唐爾柔小姐不幸於昨日因心臟病突發逝世」這一句，就眼前一陣發黑而仆倒在辦公桌上昏了過去。

教務室中所有的同事，包括正宏在內，全都圍攏過來慰問我，並且把我扶到宿舍中去休息。當其他的同事走了以後，正宏走過來坐在我的床沿上問我：「我看了你手上的信已知道一切情形，唐小姐就是你託我謀職的那一位嗎？」

我點了點頭，淚水像泉水般淚淚流個不停。

「唉！李方，你為什麼不早點講？要是知道你們的感情這樣好，就是沒有工作，我也讓你把她接來了。你這間房間雖然小，小夫妻倆擠一擠也沒有關係，婚禮嘛！簡簡單單就算了。」

正宏倒是挺熱心的，他竟想得這麼多這麼遠。

「我們根本還是朋友關係，她還小，還是個小孩子，我們完全沒有想結婚這回事。」我喃喃自語，心裡也真是後悔，我為什麼不把她接來呢？結了婚，有我照顧，她可能不會死得這樣早呵！

「李方，你不必瞞我了，看你傷心成這個樣子，普通朋友會這樣嗎？不過，現在也不必再提了，你好好地休息吧！下午不要去上課了，我叫人替你。」正宏拍了拍我的肩膀，把那封信塞回在我的枕頭底下，站起來去了。

我把信抽出來，淚眼模糊地又重讀一遍。信內說：「爾柔最近常感不適，身體十分消瘦，前天有了頭暈和心跳等症狀，不過因正值刊物出版前夕，她必須幫忙校對，所以還照常上班。到了昨天下班後，她心跳得很利害，而且又覺得氣喘，很早就上了床，並且叫我陪著她。入夜以後，她喘息不止，冷汗出個不停，頻頻叫著：『我不行了。』我說要去找醫生，她止住了我，叫我寫信給你，當我依著她的話把信寫完以後，她只剩下了一絲氣息。我叫隔壁的男同事去找醫生，不幸，醫生來時，她已去世了，可憐的爾柔臨死前千吩萬咐要您在將來勝利後一定要替她找尋她的父母，這一點，我想您一定會答應的吧？」

信後又附了幾句說：「爾柔的遺體已於今天由社中同仁捐款代為安葬了。她的遺物一箱，是她生前指定交您保存的，不知道您是否要自己來取，還是由我們寄給您？」

這個天外飛來的噩耗使我病倒了幾天，在病中我自怨自艾，不斷地怪責自己沒有把她接來。她那張尖尖的蒼白的小臉，有著麋鹿一般表情的大眼，沒有血色的薄薄的嘴唇，無分日夜地出現在我的眼前，尤其使我痛苦的是：我無論觸摸到什麼冰冷的東西都以為是她那雙美麗的小手。天哪！她的死我是不能辭其咎的呵！

＊　＊

從病床上爬起來，我立刻到重慶去。到了那家雜誌社，許明珠看見我來就哭了。我請她陪我去看爾柔的墓，她沒有考慮，也沒有向她的社長請假，就答應了我。

一路上許明珠絮絮叨叨地又把爾柔生前死後的許多零星小事告訴我，像爾柔的對工作愈來愈厭倦，而社裡又因要出版叢書而經常要職員加班等；這使我證實了爾柔間接的死因是由於對我的想念和工作的繁重而起，而更加深了內心的自疚。

爾柔的新墳是在近郊的一處公墓裡，在無數亂墳堆中，黃土一壞，矮碑一塊，那就是這可憐的薄命女孩葬身之所了。別來不過五月，她的聲音笑貌猶在目前，如今竟是幽明異路，生死之間真是不能容髮！

我在她墳前獻上一束鮮花，就默默地站在那裡，垂著淚在回憶我和她之間的雖短暫而卻甜蜜的往事：初見而時她驚喜的表情；書店中的邂逅；在黑暗的樓梯頭上我觸到她冰冷的小手；

大年初一的約會；海棠溪山上的傾吐心曲；茶館中的款款深談；火鍋旁她嫣紅的笑靨；公園中我為她戴上手套；然後就是街角上傷心的離別。啊！我摯愛的爾柔，這不到一個月的相聚，就足以夠我回憶一輩子！

當我從悲痛的沉思中驚醒過來時，才發現身旁還有一個人在陪著我淌眼淚，她不知已陪我在這裡站了多久了。

「許小姐，真對不起！累你久等了。」我真心地對他致歉。

「沒有關係，她太寂寞了，我們應該多陪她的。」她的眼圈紅紅地，顯然也是哭過了。

「今天我們站得太久了，改天再來吧！現在，讓我們回去取她的遺物好嗎？」

＊　＊

重慶這塊傷心地使我無法多待下去。我曾經再到我和爾柔在那裡散過步的嘉陵江畔、海棠溪的小山上以及每一處我們去過的地方去憑吊；但是，這樣做更增加我的難堪和痛苦，因此，兩日之後，我就帶著爾柔留給我的那個小籐箱回成都去。籐箱中除了幾件衣服以外（那件褪了色的藍布棉抱並沒在內，想是許明珠給她整理遺物時，認為太破舊，就和那些鋪蓋放在一起拿去捐贈給貧民了），還有那雙我送給她的藍色羊毛手套、幾本小說、一本日記、一小包照片、一枝舊鋼筆和一些小玩意等，我把她送我的枕頭套和照片，以及所有的來信都一併收進去，這就是爾柔所留給我的一切。觸摸到她每一件遺物，就彷彿看到她的倩影在我面前；我痛苦極了，我寧願沒有這些東西，物在人亡，又有何用？

我花了一個晚上把她的日記一口氣讀完，讀完之後，又加深了我對她的悼念與愛意。在她的日記中，從我們第一次會面起，每天都有很詳細的記載；而且，字裡行間，處處都流露出她對我的愛慕，起初，她稱我為「李先生」，接著是「李」、「寒江」，最後就只用「他」字而不名，這可看得出我在她心坎中的地位。

她的日記寫得很好，行文流利，真情畢露，讀完了，我感動而又悲痛，竟抱著本子，哭到天明。

下面是她最後一頁的日記，字跡很潦草，日期距死前還有一個禮拜，可是她的健康早已不行，所以才沒有回我的信。

「熱！熱！熱！熱！重慶的熱真怕人！真像地獄裡的火一樣！近日我常感到心跳氣促，頭暈眼花，不知道是什麼病？晚上被熱浪和臭蟲襲擊得無法入睡，白天還得看那些永遠看不完的校樣；沒有精神，紙上本來就印得模糊不清的鉛字就更模糊，就像一團團螞蟻似的，看也看不清，真苦死了。苦一點原也不要緊，最難過的是，我這樣苦，爸媽不知道，而我又不願意讓遠在成都的他知道，怕他擔心。自己受苦，三個我所愛的人都不知道，這豈不是世上最可憐的事嗎？但願他早日替我找到工作，讓我好脫離這個鬼地方。」

暑假中學校內非常清靜，日長無俚，我就是躲在房間內撫弄著爾柔的遺物，連校園也難得去走一次，她那本日記和那包照片，我不知看了多少遍了。好心的正宏常常來邀我去玩，但我都婉拒了他，正宏勸我不聽，也只好搖頭嘆息而去。

* *

距離開學還有半個月的光景，舉國狂歡的勝利消息就傳來了。身為黃帝子孫的我，雖在極度悲戚的心情中，初聞佳音，也是高興得和正宏相抱大笑；但是，笑完之後，我卻忍不住哭起來。正宏以為我是喜極而泣，其實並不這樣簡單，我哭的是爾柔不能和我共享勝利的歡樂呵！

八年的離亂過去了，大家所急亟盼望的日子終於來到，然而，我還是有家歸不得，因為我沒有這筆龐大的旅費，我的家太遠了。勝利一來臨，多少人為了急於回家而賣掉行李作川資，可憐我卻連可賣的行李都沒有，教了一學期的書，我並沒有添置了多少衣服。

家既不能回去，我也只有死心塌地接受了下學期的聘書。還好正宏也不回去，他是遼寧人，回去的路也並不比我近多少；復員初期，交通工具缺乏，這樣的遠程一定很不好走，所以他也暫時留下來陪我。

為了爾柔的遺言，我又曾瘋狂似地想不顧一切到廣西甚至廣東去替她尋找父母，但卻被正宏死命阻止，說我這樣做是害了自己而對爾柔毫無好處的舉動，為什麼不先寫信去打聽，等有了消息再作行動呢？我一起發了三封重要的信，一封寄回我自己的家給父親；一封寄到桂林附近那個小鄉鎮給爾柔的父親；一封則寄到爾柔廣東的老家去。

信發出之後我就像熱鍋上的螞蟻似的在等候著回音；然後，在我焦急了幾個月之後，到了第二年的春天，我才收到了我一個堂兄的信。他告訴我，父親早在抗戰的第二年因被日軍拉伕去做苦工受傷而死，母親也因傷心過度而接著於一年後病逝，整個家已經支離破碎，我在外面如果得志，不回去也罷！

天哪！我在世界上已成為無根的浮萍，完全的孤獨了，所有愛我我愛的人都已離我而去，我單獨活著到底是為了什麼呢？爾柔的父母始終沒有回信，這使我更增加了精神上的負擔；在極度的哀傷與頹喪的心情下，我開始用杯中物來麻醉我自己。

在愁苦中又捱到了夏天，有一個晚上，我端著酒杯獨坐在宿舍中澆愁，正宏走來找我。

「李方，你再這樣喝下去簡直是在毀滅你自己嘛！我本來不願告訴你的，校長已有閒話了。」他坐在我的對面，用嚴厲的眼光瞅著我。

「那麼我要行乞到廣東去找她的父母，我不能讓她死不瞑目！」我把杯中的酒一飲而盡，又倒上一杯。

「我不是這個意思，李方，問題是放假後我也得走了，我要回家去，你願意一道走嗎？你到我家去住一個時期，慢慢再找工作好了。」

「不，我不要去。」我毫無理由地一口拒絕了他。

「那麼，我介紹你到臺灣去。我有一個朋友在那裡做校長，要我給他找教員，你有意思嗎？」

「臺灣？聽說是一個很美麗的地方，但是，這對我又有什麼意義呢？我雖活著，心早已死了，一具行屍走肉，在什麼地方都一樣呵！」酒精在我體內燃燒著，我不覺狂笑起來。

「李方，請你不要這樣自暴自棄好不好？一個人已經死了，何苦還要毀滅另外一個人？你要知道，你是個很好的教師，你的文章也寫得很出色，國家社會都需要你的呵！你考慮一下，過幾天再答覆我吧！」

並不是正宏這幾句話打動了我，而是四川這地方太使我痛心了，我終於接受了他寫給我的到臺灣去的介紹信，我希望由於環境的變易能使我忘卻這段傷心事。

離川之前我再度到爾柔的墳上去獻上最後的花束，想到她生前對我的眷愛和鼓勵，我在她墓前發誓，從今起我決定發奮做人，努力從事創作，以期不負她的期望。

* *

爾柔的父母始終沒有消息，到臺灣之初，我曾經託人在廣東廣西兩地的大報遍登尋人廣告，大陸淪陷後我在這裡也登過了許多啟事，但到如今還沒有找到他們。上天有好生之德，我相信他們一家依然健在，他們的女兒命運已如此之苦，難道他們也免不了？這應該不會的吧！

歲月無情，轉眼十數年就已消逝。如今，我已由初中教員升為教務主任，被校長倚為左右手；我有數不清的學生，而且有許多已踏進社會中工作，成家立業了。

我也沒有忘記對爾柔的誓言，在課餘寫作不輟，現在，也真像她當年所說的，有了很多讀者。

我的事業已略有成就，心靈也不復空虛。雖則我已是個不折不扣的老光棍，爾柔遺下的照片也已經發黃，枕套已經變色，手套已被蟲蝕；但是，她的遺愛長在心頭，我是不會寂寞的。

（四十八年「聯合副刊」）

如夢令

飛機起飛了，它載走了我的韋青，載走了我半個月來的快樂，也載走了我的希望和我的整個心靈。我含淚仰望它由大而小，而漸漸沒入雲中，明白一個夢破碎了。這是我一生中最歡愉的夢，也是最痛苦的夢，然而，這個夢卻是刻骨銘心，永世難忘的。

*　*

半個月前，就在同一的機場，我第一次會見了我素所崇拜，馳譽國內外的我國名鋼琴家韋青。我是一家日報的文教記者，那天，韋青從歐洲回來，準備在國內舉行公開演奏，剛下飛機，就在候機室舉行記者招待會。

他，是個體格壯碩的中年人，衣履修整，態度瀟灑；雖然兩鬢微斑，但卻使他增加了幾分威嚴與尊貴。他用稍帶鄉音的國語親切地和記者們娓娓而談。有一個記者問他在那些古典音樂大師中最喜歡誰的作品，他毫不躊躇就說最喜歡蕭邦的鋼琴曲。蕭邦那些充滿著哀愁的鋼琴曲子正是我最愛聽的，我不明白這位名成利就的音樂家為什麼也和我一樣。因此，我就唐突地問：「韋先生，你能夠告訴我們你為什麼偏愛著蕭邦的作品嗎？是不是你早年有著失戀的故事，或者是在身世上和蕭邦有相似之處呢？」

在鬨堂的笑聲中，我看見章青跟坐在他身旁的一個記者笑著說：「這位小姐心眼真多！」然後又對我說：「小姐，可能你太敏感了。你所想像的，我都無法回答你，我之所以偏愛蕭邦純粹是音樂上的。」

大家的笑，使得我有點難為情；可是，我對自己的疑問並沒有死心。因為我覺得韋青雖則為人很朗爽，也很愛笑，然而，他眉眼之間，彷彿總蘊藏著一份憂鬱。他到底為什麼而憂鬱？我為了打破這個疑團，也為了要使特寫寫得充實生動，於是，就在那個夜裡，又闖進招待所，敲著他的房門。

「進來。」他在裡面應著，聲音有點不耐煩。我的心直跳，深恐打擾了他，但既已敲了門，又不得不硬著頭皮進去。

我輕輕地推開了房門，他穿著一件很華貴的睡袍，咬著煙斗，正坐在沙發上看書。看見我站在門口，似乎嚇了一跳，馬上就站起來很尷尬地說：「哦！我還以為是僕歐呢，真對不起！」

「韋先生，是我對你不起，我不應該在這個時候來的，你的時間那麼緊湊！」我訥訥地說。

「沒有關係，小姐，歡迎你來。這一次，你又想發掘一些什麼呢？」他的笑容帶著嘲弄的意味，我想他一定是記起了白天的事。

「韋先生，這是我的名片。」我不想他那麼笑我，就遞上名片，一本正經而又誠懇地說：「我是個剛出校門不久的女孩子，擔任記者還不到半年功夫，一切都不懂，請不要見笑。今天晚上冒昧來採訪，並不是想發掘什麼獨家新聞，只希望韋先生能夠供給我一些比較特別的材料，使我的特寫可以寫得好一點。」

韋青拿起我的名片細看著。「舒欣欣，你的名字很好聽。舒小姐，我看你比我的女兒還要小，我是個喜歡孩子的人，隨便你問吧！我會好好回答你的。」

「章先生，談談你求學的經過吧！」我念念不忘我的疑團，一直想從他早年的事跡中去發現。

「好的，我可以告訴你，我是個苦學生。」他笑了笑，接著，就講了一段他當年在上海一面當報童，一面在音專上學的往事。

他的話講完了，我雖然仍是不得要領，不過，我為了要趕回報社去發稿，就只好謝了他。告辭出來。

我那篇特寫，很博得總編輯的讚賞，第二天韋青舉行首次公開演奏會，總編輯又要我再寫一篇詳盡的報導。

這真是一次極成功的演奏會。以韋青的名氣，入場券在一週以前就賣光。那夜，會場中樓上樓下都坐滿了慕名而來的聽眾，而且座中不乏知名之士。韋青穿著一身大禮服，風度翩翩地出現在臺上，還未開始演奏，就已博得滿堂的掌聲。

這次的節目大部份是貝多芬和莫札特的作品，但是，蕭邦的作品也佔了四分之一，我不懂音樂，不知道怎樣去描寫他演奏的技巧；不過，憑我平日聽唱片的經驗來說，他的彈奏完全是成熟的，無論他奏誰的曲子，都可以把作曲者的靈魂表現出來。尤其是當他彈到蕭邦的作品時，我看見他的兩道濃眉微微蹙著，嘴唇也緊緊抿成一線。他聚精會神，旁若無人，讓十隻手指在琴鍵上飛舞：數千聽眾無不被他美妙的琴音迷惑，我更是被感動得眼睛也濕潤起來。因為我看到坐在琴前的不是韋青，而是死去了一百多年的蕭邦。

節目在一次比一次熱烈的鼓掌聲中順次完成，最後，又接受了熱情的聽眾們再三的「安可」，韋青這次獨奏會才算完滿結束。幕一落，就有成群的男女學生擁到後臺去找他簽名。我也跟在這一群人後面，看見他被包圍在這群喧鬧的年輕人中間，雖然面露笑容，但眼神中已有掩不住的疲累。

好不容易等到他把這些大孩子們通通打發了，就在他轉身要走進他的休息室之前，我拿著帶來的一本懷中記事冊，趕上前去，對他說：「韋先生，請你替我簽個名。」

他回轉身來，沒有說話，拿起筆很快就在冊頁上寫下他的名字。他寫完了，偶然抬頭發現了我，不覺失笑起來。

「原來是你，昨天晚上有很多時間，你為什麼不叫我簽，而偏要在這個時候跟他們擠呢？」他說。

「我不願意和他人有所不同，因為我和他們一樣是你的崇拜者！」

「我覺得你很特別，我喜歡有個性的人。」他又笑了。「舒小姐，這裡有沒有好的咖啡室？我很累，你願意陪我去喝一杯咖啡麼？」

「太願意了，只不知你會不會嫌這裡的咖啡室太簡陋？」

「那麼，你等我兩分鐘，讓我把衣服換一換。」

不到兩分鐘他就出來，這次他穿的是一件灰色的羊毛外套和一條灰色的法蘭絨褲，連領帶也沒有結，看來更顯得瀟灑。

我領他到附近一家以音樂著名的咖啡室去。我們進去的時候，裡面正播放著柴可夫斯基的〈悲愴交響曲〉的第一樂章。我們坐了下來，韋青叫了兩杯咖啡，看了看四周一眼，對我說：「這裡氣氛不錯！你常來嗎？」

「也不。過去和同學們來過幾次。」

「我看得出你很喜歡音樂，你學過沒有？」他又問。

學了。」

「沒有。我知道自己沒有天才，學唱，嗓子不好，學琴，手指又不靈活，所以，索性不去

「你這種學習態度雖則太消極，不過，這正表示出你的虛懷若谷。我最怕的是那些毫無自知之明的人，毫無音樂天賦，卻偏要附庸風雅。」

他說完了低頭呷著咖啡，我一時也訥訥說不出話來，一個一直被我崇拜著的人，竟然和我對坐談心，這使我有著做夢的感覺。

「你怎麼不說話了？」他看得出我的沉默，微笑著問。

「我太興奮了，不知道說些什麼好。」我據實以告。

「記者也會有說不出話的時候？不要緊張，你現在不要當我是個鋼琴家，當我是一個老朋友，隨便談談吧！」他的親切與和藹，使我對他更加崇敬了。

接著，他自動又講了一些歐洲的風土人情給我聽，當他提到他的家時，我問他，他的太太和女兒為什麼沒一同回國。他說，他的女兒在法國上大學，妻子要留下來照顧她，所以沒有同來。

「你的小姐是不是學音樂的？太太也是音樂家嗎？」我又問。

「都不是，正如你所說一樣，她們都沒有天才。」他幽默地回答我。

「做你的家人多幸福！可以經常聽到你美妙的琴聲！韋先生，你有沒有她們的照片？讓我看看好嗎？」我心裡真是羨慕他的女兒。

他在衣袋裡摸了一摸，就對我說：「對不起得很，我沒有帶在身上，下次給你看吧！」說著，他看了看錶又說：「很晚了，你大概得去發稿了，要不要我送你回去？」

「不，謝謝你，我有腳踏車，我可以自己回去。」我說著就站了起來。

「我明天就要到中南部去演奏，大概要十天才回來，回來後你還願意陪我喝咖啡嗎？」他也站了起來，帶著一個極親切的笑容對我說。

「你忘記了我是你的崇拜者嗎？請隨時吩咐好了。」我也笑著回答他。

我們並肩走出了咖啡室，〈悲愴交響曲〉已奏到尾聲了。

我懷著又興奮又迷惘的心情走回編輯部，這次的特寫寫得比上次更精彩，編輯不禁驚奇起來，他不明白我何以在一兩日之間竟然進步了這麼多。

到那時為止，我和韋青先後一共方不過會了三次面，但是，他的影子卻深深地印在我的腦海裡，怎樣也抹不去。他和藹的笑容，幽默的談吐和瀟灑的態度，還有他那有魔力的琴音，無分日夜攪亂了我的思潮。我對這一切並不以為意，因為我是他忠實的崇拜者，我以為這些現象都是必然的。

他在中南部各大都市都有一次演奏，每次，報紙也必定給他大大捧場一番；他的名氣越響亮，我就越得意，總彷彿他的光榮我也有份一樣。

在這段時期內，各廣播電臺紛紛播出他演奏錄音。每一次，只要我在家，我絕不放過收聽的機會；有時，我聽他彈蕭邦的曲子，想到他在琴旁那種抑鬱的神色，就會情不自禁地落下眼淚。

那天，我看見報上說他當天北返，晚上，我正在報社寫新聞稿時，就接到他的電話。在話筒裡，我聽見他的聲音，雙手不覺直發抖。

「怎麼？還記得前約嗎？」他的聲音溫柔得出奇。

「記得，記得。」我慌亂地回答。

「你現在有空嗎？我在老地方等你。」

我忘記了自己稿子還沒有寫完，馬上就答應了。

在原來那間咖啡室裡，在原來位子上，韋青又穿著那件灰色的羊毛外套在等我。他顯得瘦了一點，大概這十天來太累了。他用一個很親切的笑容迎接我說：「又看見你了，多好！」

「我也一樣。韋先生，你瘦了，旅行演奏很累吧？」我說。

「累是有點累，主要的是，在空暇時，少了一個像你這樣的人陪我喝咖啡聊天。」他那雙深湛的眸子直看著我。

「你開玩笑，我哪會這樣重要呢？」我不好意思地低下頭說。

「我沒有開玩笑，你不知道，我是個寂寞的人。」他說著，眼神突然黯淡起來。

「你回到家裡就不寂寞了。」我安慰著他，同時又聯想到他和蕭邦作品的關係。

「現在我們不談這些。舒小姐，再三天我就要離臺了，明天我有一天休息，後晚再演奏一場，大後天要向各方拜別；然後，大大後天早上我就要搭飛機經日本到美國去。明天，你有空陪我到近郊玩玩，還幫我選購些紀念品嗎？」他看著我，迫切地等候我的回答。

雖然我早就知道他來臺只停留半個月，但是，這次從他口中說出：卻更顯出了時間的短促。我渾身戰慄著，無法回答他；連我自己也不清楚，是離愁別緒困擾了我？還是他的邀約使我受驚？

「怎麼？你不願意？」他看見我不回答，有點不愉快，就這樣問我。

我搖搖頭，依然說不出話，眼中的淚水竟不受控制地落了下來。

「你哭了？別哭別哭，有什麼不高興的事？可以告訴我嗎？」他著慌了，一面手忙腳亂地掏手帕要給我擦眼淚。

眼淚流出來，心裡倒好了一些。我用他的手帕擦乾了眼淚，為了不願彼此受窘，就裝著笑對他說：「韋先生，請不要笑我，我是個很容易流淚的人，剛才聽說你很寂寞，後來又聽說你再過三天就要走；一方面為了替你難過，一方面又捨不得你走，所以就……。」我這些話雖是臨時編出來的，可也全是真心話。

「呵！舒小姐，你真是倒好心腸的女孩子，我愈加喜歡你了。可是，你還沒有回答我，你明天肯不肯陪我？」韋青一隻手從桌面伸了過來，作出想捉住我的手的姿勢，但是，它卻終於縮了回去。

「你所吩咐的，我都願意去做。不過，難道你不要留一些時間去和你的在臺友好們相聚嗎？」以他的名氣，我知道每天都有一班趨炎附勢之徒包圍著他的。

「我正要擺脫這些人。我要對我在臺演奏的經理人說，我要享受自由自在的一天。你說，我們明天到哪裡去玩好？記著，我們有一整天！」我答應了，他又顯得高興起來。

我把臺北附近的幾處風景區略略介紹了一下，讓他選擇。他稍一猶豫，就選擇了陽明山和碧潭，同時，他和我約好了第二清早在車站會面。

那真是神奇的一天，也是我有生以來最快樂的一天，今後，將無法復得了。我們乘第一班公路車上了陽明山，那時不是花季，那天也不是假日，早晨的山上，清靜得出奇。樹葉上和綠草上的朝露尚未乾，空氣中充滿著山林的清氣。韋青閉著眼，深深吸了一口氣說：「這裡真好！十幾天來，我就不曾像現在這樣舒服過！」

「這裡的風景和歐洲的相比如何？」我問。

「不能比的，無論如何，這裡是我的祖國，而且，還有你在身旁。」他深情地看了我一眼。

「唔，你又開玩笑了，韋先生。我們一共才見過五次面呀！明天你一走，馬上就忘記有我這個人了。」表面上，我是在和他說笑，其實，我心中也是這樣想，我低著頭，開始感到一絲難過。

「我頭一次看見你就對你有很深的印象了，你是個不平凡的女孩子，相信我，我會永遠記得你。」突然，他用手托起我的下巴，意思是要我看他。我頓時心慌意亂，雙頰脹紅，竟不敢望他一眼。

他放開手，嘆了一口氣，沒有再說什麼。

我們就這樣默默地在山徑上走著，誰也沒有講話，誰也無心去欣賞風景。然後，也許他覺得這樣的局面太尷尬了，就先開口說：「舒——，不，我還是叫你欣欣吧！你怎麼不講話了？」

「因為你自己不講話呀！」我孩子氣地反駁著他，說完了，又覺得這句話可笑，不禁就笑了出聲。

「你說得對，我不應該不講話，我們剩下的時間不多了。」他也展開了笑容，這一笑，就把剛才橫亙在我們之間的陰影驅散了。

我們沿著山徑一直走到了後山公園，一面隨意閒聊著，誰也不提到後天的別離，誰也不提到自己本身的事。儘管那些話都是毫無意義，不著邊際的；但是，我們卻說個不停，而且時時大笑。我們的笑聲驚動了林鳥，林鳥在我們頭上飛起，吱吱喳喳地似乎在談論我們，我們也就笑得更響。

然後，韋青突然叫著說肚子餓，一看錶，原來已經快到中午。我們下了山，就在車站附近一家小館子吃飯，館子雖簡陋，菜倒做得很好。吃完了，韋青撫著肚子說：「來這裡半個月，雖然天天吃酒席，若論吃得合口味，今天還是第一次。」

我本來想說：「那你不要走好了。」然而，話到嘴唇邊，我又咽了回去，因為我覺得這句話太愚蠢，於是我改口說：「這家小館子得到你這位大音樂家的品題，真是太光榮了。」

「可是他不知道我是誰。」

「他以為我們是兩個老饕。」

「不，他以為我是個貪吃的父親，而你是我的乖女兒。」

「你又開玩笑了，你怎麼會老到這樣呢？」

「事實如此，你何必為我遮掩？」他說著，愁雲又蒙上了他的眼睛。

「呵！我們走吧！你還得去買紀念品哩！」我連忙以話岔開了，因為我不願我們這次最後的聚首籠罩有不愉快的氣氛。

在碧潭的小舟上，我們又恢復了早上在陽明山時的沉默，我別過頭，佯作觀賞四周的青山綠水，但是，我卻知道他那雙憂鬱的眼睛在凝視著我。

「欣欣，你還記得你我第一次會面時你問我的話嗎？」他用低沉的聲音在問。

「什麼話呀？我不記得了。」我嚇了一跳，不安地扯著謊。其實我並沒有忘記，我只是不願意再提罷！

「我知道你不會忘記的，你在騙我，你問過我為什麼偏愛蕭邦的作品？你懷疑我有傷心史，那天晚上你還再度來訪問我，想探出我內心的秘密，對不對？」

他周手把我的頭輕輕扳過來，我低垂著眼睛，連看他的勇氣都沒有。

「不必難為情，欣欣，你很聰明，我的內心給你一眼就看穿了。我想，我不妨告訴你的。」他把咬在嘴裡的煙斗取了出來。

「不，韋先生，我不要你講，請你原諒我那天的狂妄吧！我太無知了。」等到他當真要說出來時，我反而不願意聽了，因為我不忍觸動他的傷心之處。

「你用不著為我傷心，這事我從來沒有告訴過人，其實，說了出來，倒反而比悶在心裡好些。」他輕輕拍著我的手背，裝出了一個微笑。「我不像你所說的失戀過，事實上，我這一生都沒有和女孩子談過戀愛。但是，我是個傷心人，我的婚姻扼殺了我一生的幸福。二十多年來，除了在鋼琴上，我就沒有嘗過快樂的滋味。」他的眼睛望著遠方，那上面的愁雲更濃了。

「呵！我真想不到，難道你的太太……」我真不知道該說些什麼才好。

「是的，我的妻子，她用金錢收買了我，也收買了我的一生，她是我的施主與恩人，現在，她要我償還一切。」他那隻沒有拿煙斗的手緊揑著，臉上的表情也由憂鬱而變成憤怒。

「我從小就是個孤兒，靠著舅父供我讀完了中學。在音專時的事我已告訴過你了，我的音樂天才在那時已開始被師友們發現，我的老師勸我出國深造，但是我沒有這筆錢。她是我的同學，她的父親是個富商，不知怎的被她看中了我，就自動資助我出國。那時，我年少不懂事，可能是被她的美麗所迷惑了，竟毫不考慮的就接受了她的施予。為了報答她的恩惠，我們在出國前就結了婚，然後雙雙到歐洲去。我以前已說過她沒有天才，她雖然是我的同學，也學過點聲學，但是，她自知沒有前途，結婚後就放棄了。

「在義大利，我靠著她的金錢，得以從名師學習。她閒在家裡，從那時起，直到現在，就以君臨的態度對待我，視我如臣僕，如奴隸。如今卻使我成名了，在家裡她毫不尊重我，因為她認為如果沒有她，我就不會有今天。」他說著就嘆了一口氣。

「你就這樣一直忍受著？」我問。

「不忍受又怎麼樣呢？我不願意別人說我忘恩負義呀！有時，當我想到我的幸福竟如此地被操縱在他人手上，我就寧可當初不要學音樂，做個平平庸庸的人好了。」

「你不是還有個可愛的女兒嗎？她應該能給你安慰了吧？」

「我苦就苦在她也和她母親一樣，驕橫而任性。她浪用我演奏得來的錢，愛情卻傾向她的母親；她以我的名氣而傲視同儕，回家卻沒有對我盡半分孝道。你想：妻子和女兒都如此，我還有什麼樂趣可言？」他說完了雙手一攤，作了一個自嘲的姿勢。

「可是，你在事業上已有這樣偉大的成就，也足以自豪了。」我笨拙地安慰著他。

「聲名，事業，這些身外之物又算得了什麼呢？心靈的快樂，才是我日夕所祈求的呀！」

他又輕輕地嘆著氣。

「所以，你把精神寄託在蕭邦的樂曲上？」我用顫抖的聲音結束了他的故事，他的身世果然如此淒涼，我的心已因同情而作片片碎。

「是的，因為蕭邦已道盡了我的心聲。我從來沒來向人訴過苦，唯有在彈奏他的曲子時，我得以向知音的人稍稍透露我的痛楚。不過，知音如你，我還是頭一次遇見哩！」他說著緊緊握了我的手一下，旋即又放下。「唉！但恨我早生了二十年。」

他悽然長嘆，像個木頭人般凝望著綠色的潭水。這時，日影已漸西斜，在朦朧的光線中，我發現他的眼睛裡閃燦著淚光；於是，我再也按捺不住，把頭伏在自己的膝上，就哭不可仰。

我哭了很久很久，但覺他用一隻溫柔的手撫摸著我的頭髮說：「欣欣，對不起，我不該惹你傷心的。你與我不同，你年輕得很，幸福的日子多著哪！」

我抬頭用迷濛的淚眼望著他，他又遞給我一條手帕說：「時間不早了，擦乾眼淚，讓我們回去吧！」

無言地點了點頭，我溫順地跟著他回到了臺北。在車站分手時，他問我：「明晚的演奏會你會到嗎？」

「我一定會去的，我要發新聞。而且，我當然不會錯過這個寶貴的機會。」我癡癡地望著他，因為我知道這將是我們最後一次的晤對了。

「那麼明晚再見吧！晚上要好好的睡呵！」他像哄小孩般的對我說著，擺擺手，跳上一部三輪車就走了。他是個男人，又是個忙人，也許他的哀傷是不會太久了；可憐我，那一晚卻是輾轉反側，徹夜無眠。

過了失魂落魄的一天，然後我又發現自己正坐在燈火輝煌，衣香鬢影的韋青鋼琴獨奏會的記者席上。我頭腦昏沉沉地，被一陣響亮的，持久不絕的掌聲所驚醒，這時，我看見韋青已含笑站在臺前。他今夜的風度絕佳，但這並非由於那身畢挺的燕尾服的襯托，而是從雍容高貴的儀態與及親切溫文的微笑中表現出來的。他站在臺上向聽眾鞠躬致謝，眼睛卻很快地在記者席上掃射了一下。他看到了我，嘴角微微牽動了一下，我知道那是寬心的表示。被他看了一眼，我的反應是痛楚而不是快樂；天啊！這是什麼滋味？「相見爭如不見」，不見面時痛苦，見了面就更痛苦，我但願從來沒有見過他。

今夜的節目和第一次的演奏大致相同，但卻加重了蕭邦的作品份量。透過他神奇的手指，韋青又一次地將蕭邦從天國帶到了人間。他眉峰鬱結，雙目含愁，一首又一首地把蕭邦那些憂傷，多愁而旋律優美的心曲從琴鍵上奏出，激盪著每一個聽眾的心質，更惹得我盈盈欲淚。每次，一曲告終，掌聲就響過春雷，韋青簡直是風魔了全場的聽眾。聽眾們但說他表情好，琴音美，又有誰知道他內心的煩惱呢？

在演奏中，我發現韋青時時注視著我，但我竟然不敢接觸他的目光，因為那會令我心碎。節目完畢後，他用蕭邦那首著名的降E長調夜曲和告別圓舞曲來答謝四方八面蜂擁而來的「安可」聲，然後在欠身謝幕時，又深深看了我一眼。

猩紅色的絲絨幕低垂，曲終人散，餘音繞樑；韋青這兩次成功的演奏會，將遺留給無數仰慕他的人以難忘的回憶，但留給我的，卻是永遠無法痊癒的心靈上的創傷。

第二天，我本來不想到機場去送行的，然而，為了職務，又不得不去。在候機室裡，遠遠地我看見他被一群送行的人包圍著。他雖則談笑風生，周旋中矩，可是，卻時時探頭遙望，露出了焦急的神色，似乎在等候著什麼。我知道他是在找我，但又無勇氣上前去；別離在即，以後也不會再有相逢的日子，多見一面而又有何益呢？

擴音機響起了催旅客上飛機的聲音，大群人簇擁著韋青走出去，我看見他尚時時回首。有許多同業走過去作最後的訪問，我卻躲在人叢中始終不敢露面。呵！我不忍看他站在飛機扶梯上向人揮別時痛楚的眼神，如果我出去和他說話，我會露出馬腳，甚至會哭起來的。韋青，就讓你失望一次吧！等你到了日本，到了美國，回到了歐洲，榮譽繞著你時，你就會忘懷這個僅有數面之緣的女孩子了。

* *

飛機起飛了，它載走我的韋青，也載走了我的夢。這是個歡娛而短暫，哀傷卻永恆的夢，如今夢雖已醒，但那甜蜜而痛苦的回憶，將會使我惆悵終生。

送行的人已經散盡，我尚惘然獨立在鐵欄杆畔。淚眼模糊地，我又一次的摸出那本懷中記事冊，白紙上用鋼筆寫出來潦草的兩個字「韋青」，便是這個夢的唯一印證了。我在心裡低吟著「如夢，如夢，殘月落花煙重」的詞句，淒然離開了機場。

（四十八年「自由讀」）

畢璞全集・小說09　PG1361

心靈深處

作　　者	畢　璞
責任編輯	劉　璞
圖文排版	周好靜
封面設計	楊廣榕

出版策劃	釀出版
製作發行	秀威資訊科技股份有限公司 114 台北市內湖區瑞光路76巷65號1樓 電話：+886-2-2796-3638　傳真：+886-2-2796-1377 服務信箱：service@showwe.com.tw http://www.showwe.com.tw
郵政劃撥	19563868　戶名：秀威資訊科技股份有限公司
展售門市	國家書店【松江門市】 104 台北市中山區松江路209號1樓 電話：+886-2-2518-0207　傳真：+886-2-2518-0778
網路訂購	秀威網路書店：http://www.bodbooks.com.tw 國家網路書店：http://www.govbooks.com.tw
法律顧問	毛國樑　律師
總 經 銷	聯合發行股份有限公司 231新北市新店區寶橋路235巷6弄6號4F 電話：+886-2-2917-8022　傳真：+886-2-2915-6275

出版日期	2015年5月　BOD一版
定　　價	270元

國家圖書館出版品預行編目

心靈深處 / 畢璞著. -- 一版. -- 臺北市 : 釀出版,
2015.05
面 ; 公分. -- (畢璞全集. 小説 ; PG1361)
BOD版
ISBN 978-986-445-000-8 (平裝)

857.63 104005432

讀者回函卡

感謝您購買本書，為提升服務品質，請填妥以下資料，將讀者回函卡直接寄回或傳真本公司，收到您的寶貴意見後，我們會收藏記錄及檢討，謝謝！如您需要了解本公司最新出版書目、購書優惠或企劃活動，歡迎您上網查詢或下載相關資料：http:// www.showwe.com.tw

您購買的書名：________________________________

出生日期：________年________月________日

學歷：□高中（含）以下　□大專　□研究所（含）以上

職業：□製造業　□金融業　□資訊業　□軍警　□傳播業　□自由業

□服務業　□公務員　□教職　□學生　□家管　□其它_____

購書地點：□網路書店　□實體書店　□書展　□郵購　□贈閱　□其他

您從何得知本書的消息？

□網路書店　□實體書店　□網路搜尋　□電子報　□書訊　□雜誌

□傳播媒體　□親友推薦　□網站推薦　□部落格　□其他__________

您對本書的評價：（請填代號　1.非常滿意　2.滿意　3.尚可　4.再改進）

封面設計____　版面編排____　內容____　文／譯筆____　價格____

讀完書後您覺得：

□很有收穫　□有收穫　□收穫不多　□沒收穫

對我們的建議：________________________________

____

____

____

請貼
郵票

11466
台北市內湖區瑞光路 76 巷 65 號 1 樓
秀威資訊科技股份有限公司 收
BOD 數位出版事業部

....

（請沿線對折寄回，謝謝！）

姓　　名：＿＿＿＿＿＿＿＿　年齡：＿＿＿＿　性別：□女　□男

郵遞區號：□□□□□

地　　址：＿＿＿＿＿＿＿＿＿＿＿＿＿＿＿＿＿＿＿＿

聯絡電話：(日)＿＿＿＿＿＿＿＿＿＿(夜)＿＿＿＿＿＿＿＿＿＿

E-mail：＿＿＿＿＿＿＿＿＿＿＿＿＿＿＿＿＿＿＿＿